LUNA

CRISTINA OBBER

Era solo un selfie

IL BATTELLO A VAPORE

PIEMME

Collana ideata da Roberta Marasco ed Elena Orlandi.

Editing: Clare Stringer
Impaginazione: Sara Signorini
Redazione: Giulia Carini per Sape

www.battelloavapore.it

Pubblicato in accordo con Grandi & Associati, Milano

Pubblicato per PIEMME da Mondadori Libri S.p.A.
I Edizione 2022

ISBN 978-88-566-8208-3

Anno 2022-2023-2024 Edizione 1 2 3 4 5 6 7 8 9 10

Finito di stampare presso Grafica Veneta S.p.A.
Via Malcanton, 2 – Trebaseleghe (PD)
Printed in Italy

A Clara

Ad Anita

1.
ACQUA

«Che stupidi!» pensa.

L'arbitro ha dato il time out e i suoi compagni si sono radunati intorno a Filo, anche se ora è lei la capitana. Galleggiano tutti a un paio di metri da lì, li guarda col mento appoggiato al bordo vasca. Nemmeno Giò, l'allenatore, sembra accorgersene, tanto è preso dal rimproverarli per i troppi falli.

Forse nessuno se ne accorge, nemmeno i genitori sugli spalti, tutti occupati a criticare l'arbitraggio. Forse pensano che sia solo stanca. Spesso la solitudine è invisibile, solo quando è tua la vedi benissimo.

A volte dura un attimo, o almeno così sembra.

– Anita, dai! – la incita Giò. – Tre minuti, fammi un altro gol, cazzo!

«Ma gli allenatori possono dire le parolacce?» si chiede lei.

È appena entrata negli under 16, e l'allenatrice degli under 14 non parlava così, e non certo perché era femmina.

L'arbitro fischia nuovamente e tutti si riportano al centro della vasca, ognuno nella sua posizione.

Mentre si sistema la cuffia Anita incrocia lo sguardo di Ste e spera che le proprie guance sembrino arrossate soltanto dalla fatica e dal cloro.

È la fine del quarto tempo, sono momenti concitati, devono segnare a tutti i costi ma poco ci manca che prendano un rigore per fallo. Se la cavano con un'espulsione e ora giocano in cinque.

– Calma! – grida Anita ai suoi compagni.

– Calma, cazzo! – grida Giò con le mani tra i capelli, mentre i genitori della squadra ospite ancora reclamano il mancato rigore e gli insulti all'arbitro rimbombano nel caos.

Disturbano sempre, i genitori. Per fortuna, però, in acqua si gioca concentrati e non ci si fa caso.

Il tizio che ora la marca è il doppio di lei, ma Anita riesce a svignarsela e a partire di scatto in contropiede con la palla che rimbalza lievemente sull'acqua, tra le sue braccia che nuotano veloci. Ormai manca un minuto alla fine della partita. Giò è così proteso verso l'acqua che sembra stia per cadere da un momento all'altro, mormora "dai dai dai" e tiene i pugni stretti.

È incredibile come Anita scivoli rapida, sembra un uccello in volo. Raggiunge la zona rete con il vantaggio sufficiente per una buona elevazione; il suo lancio è deciso, potente, e anche se il portiere ha intuito la traiettoria non riesce a evitare che la palla finisca dentro.

Il tempo di godersi l'ovazione e arriva il fischio. 7-6. È fatta.

Anita si porta le mani al viso, quasi non ci crede.

Yuri la raggiunge con due bracciate e la stringe alle spalle.

– Sei una grande!

Se non giochi in una squadra non puoi capire la gioia di certi momenti.

Giò si è tuffato con canotta e pantaloncini, e come si usa nella pallanuoto ora sono tutti in cerchio intorno a lei, la capitana, gridano e sbattono le mani sull'acqua con le ultime forze rimaste nelle braccia. Tra gli schizzi Anita intravede il suo sorriso. Tutti sorridono, ma Ste le sorride in quel modo.

2.

CALZINI

– Ci risiamo! E non hanno nemmeno fantasia… – sussurra Clara appena rientrano in classe.

– Se ti sentono vedi… – commenta Anita alzando gli occhi verso Vera e Marzia. – Mi verrebbe voglia di… –. Stringe le labbra e le parole restano impigliate tra i denti.

– È quello che vogliono, non ci badare. E tanto lo rifarebbero, è più forte di loro.

In effetti sembra che rovesciare l'astuccio di Clara sul banco sia il loro passatempo preferito.

Ma Clara rimane sempre calma, fa le sue smorfie buffe e sorride, sistema le sue cose senza alzare lo sguardo, per non dare loro soddisfazione.

– Non so proprio come fai! – le dice Anita.

Non sa proprio come fa, se lo chiede sempre. Lei le sbudellerebbe, sogna poteri magici per ordinare a un drago di incenerirle.

Il prof inizia a spiegare ma Anita non riesce a concentrarsi.

Ha incrociato Ste in treno stamane e quando sono scesi le ha detto: «Io prendo quello delle due, tu?».

«Anche io» ha mentito lei.

Che poi non è proprio una bugia, perché anche se potrebbe andare a casa con il solito delle 13.30, lei prenderà davvero quello delle due.

Sicuramente.

Le risatine la riportano in classe. Il prof tossisce in continuazione mentre parla e in prima fila è il finimondo. C'è chi si copre il viso con i quaderni, chi indietreggia schifato col banco.

Lui sembra non rendersene conto, invece di uscire a bere un bicchiere d'acqua continua imperterrito a parlare tossendo.

– Secondo me non ci sente molto bene – mormora Clara, e Anita non si trattiene e scoppia a ridere.

– Che cosa ti diverte tanto? – le chiede il prof.

– No, scusi prof – balbetta lei imbarazzata. – Mi è venuta in mente una cosa, mi scusi.

Lui riprende a spiegare, Anita è viola in volto. È la prima figuraccia alle superiori.

Piove da giorni, e il suo ombrello turchese è grande abbastanza da coprire tutte e due.

– Ma lo saprà che prendiamo sempre il treno prima... – osserva Clara.

– Gli diciamo che oggi dovevamo fermarci per organizzare l'assemblea di classe.

– Ok...

Camminano strette l'una all'altra, fissando le gocce che rimbalzano sull'asfalto.

Adorano la pioggia. L'estate scorsa hanno voluto provare com'è stare sotto il temporale senza ombrello. Erano al parco, le persone intorno scappavano cercando riparo e loro invece, sedute sull'erba, ridevano come pazze.

Si sono prese entrambe un gran raffreddore e due sgridate sonore ma si divertono ancora soltanto a ricordarlo.

– Ma il buon senso, dico io, il buon senso! – borbotta Anita scimmiottando suo padre.

Suo padre si chiama Sergio ed è ossessionato da quella cosa che lui chiama "buon senso" e che sembra rappresenti ciò che è giusto per il mondo.

Anita sente che le sneakers sono già fradicie. – Dovevo mettere i calzini – dice.

– Ma ti senti?! – sbotta Clara sbarrando gli occhi.

Anita non mette mai i calzini, li detesta.

Si arrende solo quando è più facile indossarli che far smettere suo padre di borbottare, quando è ancora assonnata e vorrebbe mangiarsi le fette con la marmellata di lamponi in silenzio e invece lui le dà spiegazioni scientifiche non richieste sulla sudorazione, la temperatura corporea, l'igiene e altre amenità.

Michela, la sua seconda moglie, dice che bisogna capirlo se è così preciso perché è un ingegnere. Lo dice scherzando, ma Anita non lo trova divertente, a lei sembra solo noioso.

Anita non mette i calzini ma oggi se ne sta pentendo. – No, davvero... che fastidio!

Lo *sciaf sciaf* dei suoi piedi si armonizza con il rumore della pioggia.

Appena entrano in stazione stringe istintivamente il braccio di Clara.

Ste è già lì e sfodera un sorriso con apparecchio che le sembra meraviglioso.

3.

COCCOLE

È proprio una cosa strana l'amore.

Da quando pensa a Ste ininterrottamente, Anita sembra vivere dentro una nuvola impalpabile che cambia i colori del mondo.

«Chissà se anche per lui è così» si chiede.

Clara all'inizio si era raccomandata: «Non farti un film che i ragazzi sono strani». Poi però aveva detto che era evidente che lui fosse "timido ma presissimo".

Quasi ogni giorno lei e Clara, perché un'amica è un'amica, prendono il treno delle due e si siedono accanto a lui. Anita non vorrebbe più scendere, vorrebbe che casa fosse in Calabria, in Puglia, magari a Lecce, in fondo allo stivale, così starebbero ore a ridere e chiacchierare. Parlano soprattutto di pallanuoto, tattiche, allenamenti.

Si guardano spezzoni di partite su YouTube, mentre Clara fissa fuori dal finestrino sperando che si fidanzino presto per poter tornare a casa da sola mezz'ora prima. Oggi poi ha un sacco da studiare.

– Guarda che forza! – esclama Anita commentando la sua idola, Lucrezia Cergol, classe 2001. – Guarda, Clara!

Clara si sforza di apprezzare ma fa notare che le pare banale chiamare una squadra "Setterosa" solo perché è femminile.

Ad Anita del nome non importa, sa solo che anche lei un giorno vorrebbe cantare l'inno d'Italia a bordo vasca con gli occhi lucidi e una medaglia al collo.

Il treno rallenta, è ora di scendere e di salutare Ste che abita nel paese più a nord.

– Ci vediamo dopo – dice Anita alzandosi, già impaziente di ritrovarlo quella sera all'allenamento.

Ma Ste si alza con loro: – Vi accompagno a casa – dice. – Prendo il treno dopo, tanto non ho da studiare.

Clara strizza l'occhio ad Anita che si sta chiedendo se davvero lui la sta accompagnando a casa perdendo almeno un'ora per stare ancora un po' con lei.

Insomma, un ragazzo non fa una cosa così solo perché gli sei simpatica, no?

Camminano affiancati, Anita in mezzo tra la sua migliore amica e il suo "non si sa bene cosa", ma non importa. Ora le importa solo pensare a qualche cosa da dire, ma sono tutti e tre ammutoliti per motivi diversi. Clara accelera il passo perché non vede l'ora di lasciarli soli e non sentirsi di troppo. Ha anche una gran fame e spera di trovare qualcosa di pronto nel frigo, suo padre è un ottimo cuoco e la sera se non è troppo stanco prepara dei piatti per il giorno dopo.

Ste e Anita invece al cibo non pensano. Rimasti soli davanti a casa di lei, hanno ritrovato la loquacità e ridono e scherzano per un'altra mezz'ora finché a Ste suona il telefono.

È sua madre che chiede dove sia finito, con voce squillante dice che il risotto si sta asciugando e non sarà più buono, gli parla di rispetto e altre cose che Ste non ascolta, perso negli occhi di Anita, ma risponde: – Ora torno, ho perso il treno e avevo il telefono scarico.

Anita alza le spalle, lui le dà un bacio sulla guancia e si allontana frettoloso sperando di non perdere davvero il treno che lo porterà a casa.

Anita rimane un po' a guardarlo e con la mano si sfiora la guancia.

Il bacio era molto vicino alla bocca, molto.

Manda un messaggio a Clara:

Scendi subito

Non posso

Mi ha baciata

Arrivo

Anita non fa in tempo a raggiungere il cancello di Clara che l'amica è già scesa.

– Ti ha baciata?

– Sì. Cioè no, non proprio... però quasi, mi ha baciata qui.

Si tocca la guancia con delicatezza, come se quel bacio fosse un fiore di cui avere cura.

– Wow! Te l'avevo detto! Era così ovvio!

– Ma che ovvio? E che ne sai tu se non hai mai avuto un ragazzo?

– Che c'entra? – risponde Clara. – Ci sono i libri, i film, c'è Netflix!

– E adesso?

– Adesso cosa?

– Adesso cosa devo fare?

– Niente. Non devi fare niente. Dopo vai all'allenamento e... tranquilla, non devi mostrarti in panico.

– Ok...

– Ora devo andare a danza, scrivimi stasera.

Anita rientra saltellando.

Blu sta sonnecchiando sul divano e quando Anita le si stende accanto schiude appena gli occhi, impassibile. Certe gatte sono così, imperturbabili.

Anita affonda il viso nel suo pelo morbido e le fa i grattini sotto il collo.

Blu accetta le coccole solo da lei.

Michela è un po' gelosa per questo, perché quando si è trasferita da loro con la sua bellissima gatta, Blu si è subito affezionata ad Anita, iniziando a privilegiarla spudoratamente. Quando Michela cerca di accarezzarla, lei con un balzo si dilegua.

Invece eccola ora a girare il muso di lato, estasiata.

«Anche io vorrei che qualcuno mi coccolasse così» pensa Anita.

E solo a immaginare le dita di Ste sul suo collo ha i brividi.

4.

CIOCCOLATO

Quando arriva in piscina sono quasi le otto.

«La fa facile Clara a dire fai finta di niente.»

Ha immortalato quell'attimo sotto casa come un fotogramma. Il viso di Ste così vicino, quel principio di barba a sfiorarle la guancia, il tepore, il timore.

Qualcosa che non aveva mai provato. Ha già baciato un ragazzo, alle medie, ma è inedito quel sentirsi piroettare in un caleidoscopio di emozioni.

Cerca di cambiarsi velocemente ma dalla borsa le cade il beauty, che si dimentica sempre di chiudere, il tubo dello shampoo rimbalza sul pavimento e il tappo salta.

– Merda!

Proprio adesso, proprio ora che dovrebbe e vorrebbe essere già in palestra.

Non può lasciare quel liquido oleoso sul pavimento, qualcuno potrebbe scivolare e farsi male. Recupera della carta dal distributore nel bagno e ne raccoglie più che può e in fretta.

Delle ragazzine intorno ridacchiano senza far cenno di volerla aiutare.

«Che ridete, sceme?» pensa tra sé Anita infastidita.

Raggiunge la squadra, sono già tutti impegnati nei piegamenti.

– Mi è caduto lo shampoo e...

Giò la zittisce scocciato: – Non perdere altro tempo!

Anita prende posto vicino a Yuri.

L'allenamento è più faticoso del solito, si è dimenticata di pranzare, ha divorato del cioccolato che non basta.

Tra un esercizio e l'altro cerca lo sguardo di Ste ma lui sembra sfuggirla.

«Certo,» pensa «meglio ignorarsi, Filo ci prenderebbe in giro, meglio non dire niente nemmeno a Yuri.»

Yuri è il suo compagno di squadra preferito, un vero amico.

Filo invece la detesta perché il capitano era lui e non se l'aspettava proprio di passare la mano. A una ragazza poi!

Filo ha una forte influenza sul gruppo, si comporta come se fosse ancora il capitano, le ruba la scena; quando nei time out lei si avvicina al bordo vasca, lui sembra fare apposta ad attrarre gli altri qualche metro più in là, intorno a sé, escludendola.

Nello spogliatoio la critica sempre, come se lei facesse rete per una questione di fortuna, agevolata dagli errori degli altri. La chiama "la cocca di Giò", ma nemmeno l'allenatore, che dovrebbe stare attento a queste cose, sembra rendersi conto di cosa stia succedendo. Filo è davvero insopportabile eppure nessuno lo contraddice, nessuno dice niente. Non è facile prendere le parti di una ragazza con uno come lui.

Sono alla seconda serie di piegamenti, due serie da venti.

I respiri affannosi e i versi sofferti danno vita a un insolito concerto.

– Dai dai dai! Forza forza forza!

La voce di Giò rimbomba tra la fatica.

– Undici, dodici, tredici, quattordici... Dai, cazzo, dai!

Yuri cede, rimane praticamente spalmato sul pavimento, paonazzo.

Altri due hanno già mollato, Anita resiste.

Quando arriva il venti si alza un gemito collettivo.

– Ma come fai? – le chiede Yuri stravolto.

– È il cioccolato.

– L'ho mangiato anche io…

– Mai io ne mangio di più.

– Non ci arrivo mai a venti, mai, cazzo!

– Non prendertela, c'eri quasi.

– Quasi, sempre quasi – risponde lui ancora affannato.

Non c'è il tempo per consolarlo, Giò li vuole in acqua.

Ste non la guarda nemmeno quando si spostano lungo il corridoio che collega la palestra alla vasca.

«E se Clara si sbagliasse? Se per lui fossi solo un'amica? E se quel bacio fosse stato così vicino alla bocca solo perché lui era agitato per i rimproveri della madre? O se fosse stato un momento e si fosse pentito?»

Anita è confusa.

Si tuffa e comincia a nuotare.

Dieci a dorso e dieci a stile, ha detto Giò.

È stanca, le fa anche un po' male la pancia, e Filo

non si lascia scappare l'occasione di sfotterla appena si fermano: – Pile scariche la nostra capitana?

Lo ignora, ma ora si sente veramente senza energia.

Quando però inizia la parte divertente dell'allenamento, i quindici minuti di partita, tutto cambia. Si gioca, e quando gioca Anita rinasce, dimentica la stanchezza, le mestruazioni, la stupidità di Filo, i dubbi su Ste. Riesce anche a segnare, e dopo il gol si accorge che Ste le sta sorridendo. Quel barlume di intesa dura un attimo, poi non la degna di uno sguardo nemmeno mentre rientrano negli spogliatoi, nemmeno quando si ritrovano all'uscita.

Di solito parlano un po' tutti in cerchio, invece Ste si allontana con Filo ridacchiando di chissà che.

«Ok, c'è Filo. Ma nemmeno un "ciao"...»

Anita non ci sta capendo niente.

5.
BISCOTTI

Clara è in camera sua.

Sta piangendo. Si è slogata una caviglia scendendo le scale della scuola di danza.

Non le fa tanto male, non piange di dolore ma di rabbia.

Ogni volta che sua madre torna dopo essere stata lontana per lavoro, i primi giorni sono tutti per la famiglia. E soprattutto per lei. Cinema, passeggiate, mostre, pomeriggi in libreria e a fare shopping a Milano, dove le fa tagliare i capelli da Vincenzo, l'unico che le fa il caschetto proprio come piace a lei. Mamma le aveva anche promesso di portarla al maneggio domenica, ma con una caviglia che deve stare a riposo come farà?

Toglie la busta del ghiaccio, il gonfiore è ancora lì, a rovinare i suoi piani.

La mamma di Clara ha appena finito di girare un nuovo film, fa la regista; è stata sul set un mese intero senza mai rientrare; Clara non vedeva l'ora che arrivasse domani sera per riabbracciarla.

I primi giorni, tutte le volte che sua madre parte per lavoro, Clara sta quasi meglio senza nessuno che la rimproveri per la stanza in disordine o le controlli i quaderni come fosse ancora alle medie, suo padre è meno assillante su queste cose. Ma poi, più o meno dopo la prima settimana, le cose cambiano e mamma le manca.

È come se l'assenza si tramutasse in una forma di presenza immaginaria. Del corpo, della voce, della scia di profumo, lo stesso che sua madre usa fin da quando lei era piccola.

Clara entra in casa e immagina di salutarla mentre legge sul divano o è intenta a preparare un sugo al pomodoro; osserva i cumuli di vestiti sulla sua sedia, in camera, e le sembra di sentire la predica in arrivo. La sera si lava i denti e si spruzza un po' di quel profumo sui polsi, prima di dormire accovacciata.

Questa volta sua madre girava a Manhattan e sentirsi è stato più complicato per via del fuso orario.

Clara ha riascoltato e riascoltato i vocali ricevuti da luoghi rumorosi con il caos della troupe intorno o da camere d'albergo silenziose, con aneddoti divertenti o curiosi su giornate faticose di cui raccontarle presto.

Suo padre entra nella sua stanza. – Clara...

Si siede accanto a lei sul letto, prende un fazzoletto dalla tasca e le asciuga le lacrime con un gesto amorevole.

– Dai, basta piangere, faremo indigestione di film questo fine settimana. Tra un paio di giorni già starai bene. E poi il maneggio è sempre lì, non scappa.

– Dici?

– Certo che dico! Non mi farai la pessimista cosmica?

Riesce sempre a farla sorridere. Il pessimista cosmico è il soprannome che hanno dato al loro dirimpettaio di pianerottolo, Pietro, uno di quelli che pensa sempre che le cose andranno male, che pioverà il giorno della festa in giardino, che la pizza arriverà fredda, che non si troverà un buco ad agosto per andare al mare. Poi il giorno della festa il sole splende, la pizza è calda e deliziosa, e la camera fronte spiaggia è una meraviglia. Non si conoscevano prima della pandemia del Covid, ma durante il confinamento lo hanno quasi adottato per non farlo sentire troppo da solo, essendo single, e adesso per Clara è una specie di zio.

Durante il lockdown hanno conosciuto meglio tutti i condomini, e ora invece di essere "quelli del primo piano", "quelli con il bimbo piccolo", "la signora della panda blu", "il trentenne", cioè Pietro, hanno ciascuno un nome, una piccola storia. Nei mesi più difficili si sono aiutati con le scorte della spesa, le ricette per la farmacia; la madre di Clara ha cucinato sugo di pomodoro in quantità industriale perché si scambiavano anche il cibo.

La signora della panda blu, che si chiama Irene, ogni tanto quando fa i biscotti alle mele ancora gliene porta un vassoio, perché Clara ne è ghiotta.

E lei li divide con Anita, perché amicizia è condividere le gioie, anche le più piccole.

6.
PASSEROTTI

Anita ha avuto un ragazzo in terza media.

Uno del campo estivo dell'oratorio, Davide. Era molto carino, moro, con due occhi dolci e grandi. Era bello baciarsi di nascosto quando gli animatori si dimenticavano di loro; riuscivano a restare soli nel boschetto dietro le camerate, prima di cena, o sulle scale di legno, la sera tardi. Se qualcuno chiedeva "Dov'è Anita?", Clara era pronta a rispondere "È in bagno" o "Sta chiamando casa", o cose del genere.

Fantasia e prontezza non le mancano.

Quei baci ad Anita piacevano, anche se non sentiva il batticuore che Clara descriveva come l'ingrediente principale dell'amore. Quella storia è durata due settimane, il tempo del campo; rientrata a casa aveva sentito la mancanza di Davide solo il primo giorno, così lo aveva lasciato via WhatsApp, confermando a Clara le sue teorie.

Ora che il batticuore la sorprende soltanto vedendo arrivare Ste da lontano alla stazione, con la paura di diventare viola, ora che le basta pensare che usciranno da soli per la prima volta per sentirsi la regina del regno dell'ansia, pensa che Clara dovrebbe scrivere un manuale sull'amore con trucchi, segreti, che dire, che fare.

– Che cosa gli dico?

– Come cosa gli dici?

– Ci vado?

– Certo che ci vai! Non impanicarti!

– Non sono in panico.

– Sì invece, non sembri proprio tu.

Clara ha ragione, Anita non sembra lei, di solito così determinata, così sicura di sé, la capitana di una squadra di maschi.

Sospira e si guarda intorno mangiandosi le unghie. Sono nel cortile della scuola, su una vecchia panca di legno nel giardino sul retro. Oggi il sole è tiepido, sono le prime giornate in cui si può stare fuori in felpa e qualcuno gira già in maniche corte.

Ste in treno questa mattina era dolce e premuroso come al solito, anzi di più.

«Ti va se nel pomeriggio dopo la scuola andiamo a studiare al parco Deledda?» le ha chiesto lasciandola interdetta.

Ogni tanto Anita e Clara vanno al parco a studiare, anche con altre compagne, ci sono piante ombrose con grandi tronchi a cui appoggiare la schiena con un libro tra le mani. Ma Ste ha detto "ti va", non "vi va".

Anita ha annuito con un mezzo sorriso e un ok più sconcertato che entusiasta e ora sta supplicando Clara di andarci insieme. Si è proprio dimenticata del suo piede dolorante.

– Ma perché non vuoi venire?

– Ancora? Ti sei scordata che zoppico?

– No… ma ti fa così male?

Clara sbuffa guardandola risentita. – Senti, pensi sempre a lui, sono due settimane che parliamo di Ste, Ste, Ste; mi fai prendere il treno delle due un sacco di volte, ieri sera abbiamo chattato fino a mezzanotte perché in piscina non ti ha guardato ed eri disperata, e adesso che ti ha chiesto di andare al parco, voi due da soli, vai in panico e te ne freghi del mio piede?

Anita sfila dallo zaino un sacchetto con delle maglie.

– Scusa... Quale metto?

Clara scoppia a ridere con la sua risata sonora che riempie l'aria di un'allegria contagiosa.

– Mettiti quella verde acqua, ti sta benissimo!

– Ok.

Al suono della campanella alcuni passerotti si alzano in volo intorno a loro.

Nell'aria è tutto un cinguettio.

«Chissà che si dicono» pensa Anita.

Forse anche i passerotti sono in subbuglio, forse amoreggiano con quel canto.

Rientrate in classe, Clara trova il suo zaino rovesciato sotto la sedia e senza scomporsi inizia a raccogliere le proprie cose da terra.

– Come fai a non arrabbiarti mai?

– Sono solo due sceme. Se poi Marzia verrà bocciata vedrai che l'anno prossimo, da sola, Vera la smetterà.

Anita non è convinta.

Marzia e Vera le stanno guardando con supponenza dai loro banchi, e fingendo stupore.

Anita lancia loro un'occhiata di disapprovazione scuotendo la testa.

– Cazzo vuoi? – chiede Marzia con aria di sfida.

Potrebbe essere l'inizio della fine ma per fortuna la prof è puntuale e richiama tutti all'ordine.

Clara tira un sospiro di sollievo e sistemandosi sulla sedia traballante rimprovera Anita: – Lasciale perdere, e appena suona andiamo, non ci facciamo rovinare la giornata da quelle. Non oggi – aggiunge alzando le sopracciglia sorridente.

«Non oggi» pensa Anita.

7.

APNEA

Il parco costeggia la chiesa di pietre antiche; a volte i turisti rimangono delusi di non poter fotografare gli affreschi sbiaditi e preziosi, protetti con cura.

Anita l'aveva visitata con l'oratorio durante una gita estiva, quando era alla primaria, ma ricorda più i giochi nel parco dopo la merenda che gli interni. Clara è già in treno verso casa. Si scambiano messaggi in chat da quando si sono separate all'incrocio che porta in stazione.

Anita è agitata.

Per la prima volta lei e Ste sono proprio da soli, senza Clara, senza Yuri, Filo, o la squadra intorno.

Sentirlo al suo fianco che racconta di un'interrogazione andata male con un prof che non lo sopporta le sembra la cosa più naturale e insieme spaventosa del mondo.

Clara le ha scritto:

Se sei in ansia pensa di stare sott'acqua

Lei sa sempre cosa dire.

Lei è una maga, una fata, una strega.

Così ora Anita cammina verso il parco nuotando in apnea, come le piace fare per rilassarsi, prima di ogni partita. Una sola vasca, nel silenzio azzurro e ovattato, per liberarsi di tutto ciò che è superfluo, di tutto ciò che mente.

Nuota pensando di essere tra le acque del mare, tra i delfini, che non sono pesci ma mammiferi, come lei. A volte in questa fantasia le sembra di essere una delfina, di muoversi con grazia nel branco, agile ed elegante.

Su YouTube ha visto un video in cui dicevano che i delfini non respirano automaticamente, ma con consapevolezza. Proprio come fa lei, immersa nell'incanto e contemporaneamente concentrata a controllare il respiro e il pensiero.

In un libro ha letto che le tartarughe di mare e gli alligatori possono rimanere in apnea per più di un'ora. Noi umani invece possiamo stare senza bere o mangiare per giorni e sopravvivere, mentre ci bastano pochi minuti senza respirare per morire.

Anita sa che da grande vorrà studiare e lavorare per scoprire i segreti sotto l'acqua, per immergersi nelle profondità, come sognava di fare sua madre che si era laureata in biologia marina. È da lei che ha ereditato questo amore per il mare, per quello spazio fluttuante e mai statico dove la vita è scandita da altri ritmi e altri suoni, tra quiete e mistero.

Quando Anita nuota, si dimentica di sé ma ritrova un'Anita più nascosta, in armonia, e ne esce rafforzata e pronta per ogni nuova sfida.

Se sei in ansia pensa di stare sott'acqua, ha scritto Clara.

E Anita nuota. Nuota verso il parco che si apre di fronte a lei mentre Ste la prende per mano.

8.
BATTICUORE

In quel momento Blu troneggia sul piano della cucina, uno dei posti dove non può stare quando c'è gente in casa.

Di solito le basta sentire i passi sulle scale per balzare giù e cambiare stanza, ma a volte, se sta frugando con particolare eccitazione alla ricerca di qualche cosa di commestibile tra confezioni di cibo aperte o contenitori facilmente scoperchiabili, l'ingordigia ha il sopravvento e si lascia scoprire.

Anita si limita a prenderla in braccio e portarla da qualche altra parte, ma Michela e Sergio emettono grida severe e continuano a rimproverarla mentre lei si infila sotto un letto o cerca un'apertura per uscire sul balcone.

Poi Sergio si lamenta del fatto che la cucina è sempre in disordine, come se non fosse anche affar suo, e Michela sottolinea come Blu fosse una gatta ubbidiente prima del trasferimento in quella nuova abitazione, non senza alludere al fatto che Anita sia troppo permissiva e la vizi, peraltro ottenendo in cambio una devozione esclusiva.

Ora che invece in casa non c'è nessuno, Blu può starsene lì a fissare la tenda a fiori della finestra, dove sembra esserci qualcosa di molto interessante. I suoi occhi arancioni seguono rapidi i movimenti di una mosca. Una piccola mosca nera che si posa ora su un ricamo, ora sull'altro, con brevi spostamenti tra le pieghe cangianti. Blu si aggrappa alla tenda con uno scatto felino, ma la sua preda è già volata via e lei si ritrova coperta dalla stoffa rovinosamente caduta sul piano con tanto di ganci e bastoncini.

Michela se ne avrà a male, Sergio si limiterà a un sospiro, ma questo Blu non può saperlo, il suo pensiero è tutto rivolto alla mosca che ha già ripreso a ronzarle intorno.

Peccato che non le lascino la possibilità di uscire

quando è sola in casa. Hanno paura che scappi, che non torni. Lei invece tornerebbe sempre, e si divertirebbe di più a cacciare i topi nel giardino condominiale anziché quelle minuscole e scaltre creature.

Mentre Blu è impegnata nella sua caccia, anche Anita è in contatto con la sua natura più profonda e istintuale.

Le congetture, i ragionamenti, le supposizioni e le previsioni, tutto sembra dissolversi in una semplicità avvolgente, come se camminare mano nella mano insieme a Ste fosse la cosa più naturale del mondo, come se lo avessero fatto da sempre e fosse ovvio farlo per sempre.

Camminano senza dire niente e passo dopo passo l'ansia di entrambi si dissolve nell'aria tra il profumo dei fiori e il vociare dei bambini impegnati in una caccia al tesoro poco lontano. La sua mano le sembra un tutt'uno con quella di Stefano.

Anche lui era in panico e ora comincia a respirare, ma lei non lo può sapere.

Scelgono la panchina sotto la quercia, incisa di nomi e cuori e delle scritte volgari di qualcuno che a quel modo voleva sentirsi grande.

Lasciano cadere a terra gli zaini e si siedono arrossati. È una giornata che sembra più estiva che primaverile.

– Hai fame? – chiede Ste.

– Sì.

– Ho preso due tranci di pizza, ti va?

– Sì. Io ho dell'acqua.

Nel gesto nervoso di abbassarsi per riprendere gli zaini le loro teste si sfiorano.

– Scusa – dice lui.

– No, niente...

– Sai...

– Cosa?

– Io...

A guardarla negli occhi così, Ste ha un nodo in gola, le gambe gli tremano.

Rimangono un momento immobili, lo sguardo che scende reciprocamente sulle labbra, torna sugli occhi, scende ancora.

Sono così vicini adesso!

Lei abbozza un sorriso, ed è il loro primo bacio.

È morbido, è dolce.

Ste ha il cuore a mille. È il suo primo bacio, Anita è la sua prima ragazza.

L'emozione è forte ma non ha più paura di essere imbranato.

Ha smesso di chiedersi come si bacia, bacerò bene, la bacerò?

La bacia e basta.

Poi le loro labbra si allontanano un po'.

Lui ha il sorriso più bello del mondo.

Lei ha il sorriso più bello del mondo.

Le mani tornano a intrecciarsi, pizza e acqua rimangono negli zaini.

Le bocche tornano a cercarsi.

È scomparsa la fame, e così la sete.

Aveva ragione Clara sul batticuore, Anita si sente un tutt'uno con quel *tum tum* nel petto che sembra scoppiare.

«Forse è questo l'amore.»

9.

COLORI

Clara ha ripreso a lavorare sulla sua tela.

Intinge il pennello nella tavolozza dove ha già steso il bianco di titanio e il blu.

Non è facile calibrare l'equilibrio tra colore e acqua, ama le pennellate dense ma è difficile stenderle evitando l'effetto pastrocchio. Trattiene il respiro, ci vuole concentrazione per lasciarsi andare. Niente è casuale quando dipinge, ogni gesto sulla tela risponde a un pensiero, un'istruzione dettata dall'emozione ma definita, netta, che non lascia altra scelta.

Il piede le fa ancora un po' male, così si è seduta sulla sedia girevole.

Sua madre arriverà alle otto, e il quadro dovrà essere finito. Non certo asciutto, ma finito.

Spesso disegna animali, ma oggi su questa tela ci sono rose bianche e blu, dai contorni incerti, che si perdono su uno sfondo astratto.

Le piace seguire quello che le dice la pancia, senza affidarsi a regole o ai suggerimenti degli altri.

Dipinge sempre quello che non potrebbe fare a meno di dipingere in quel momento.

Alle medie a volte faceva fatica a seguire le indicazioni del prof, ma fortunatamente lui lasciava che lei si prendesse qualche libertà e non rispettasse le consegne alla lettera.

A casa invece può fare proprio ciò che vuole, e usare il materiale professionale che le hanno regalato i nonni materni quando sono venuti a trovarla l'ultima volta, qualche mese prima.

Hanno scelto di trasferirsi nella casa in Calabria, per vivere al mare, e anche se è contenta per loro le dispiace non vederli più così spesso.

Sono partiti dopo il primo lockdown, per non rischiare di rimanere nuovamente chiusi così a lungo in un appartamento. E mese dopo mese hanno scoperto una nuova dimensione di quotidianità più rilassata, in un clima più mite che giova alle loro ossa, e hanno deciso di rimanere lì, visto che sono entrambi in pensione.

All'inizio Clara si è sentita abbandonata, poi i suoi l'hanno aiutata a capire che così come i genitori a un certo punto devono lasciare andare i propri figli, così anche i figli devono desiderare felicità e realizzazione per i propri genitori e i propri nonni, a tutte le età. Anche a costo di soffrire un po' di nostalgia. E in fondo con la tecnologia oggi si può stare insieme anche da lontano molto più di un tempo.

Clara stende le sue pennellate, la musica in cuffia la isola da qualsiasi rumore esterno, c'è solo lei con le sue emozioni e la sua gioia di riabbracciare la mamma.

I minuti scorrono, muove la lingua tra le labbra, lo fa spesso quando colora o dipinge, non sa perché.

Conosce i pezzi dei Måneskin a memoria ma quasi non li ascolta, immersa nello slancio creativo. Circa un paio d'ore dopo, posa il pennello. Ha finito.

Guarda le sue rose con ammirazione. Libera il proprio respiro.

Nel groviglio di colori sulla tela fitta si intravedono dei volti indefiniti.

Il pensiero torna ad Anita, si è dimenticata anche di lei.

Si saranno baciati, pensa.

Si alza e prende il telefonino che era rimasto nello zaino.

Ci sono undici messaggi di Anita, tre vocali e un paio di chiamate.

Scorre le dita velocemente e ascolta tutto.

Sì. Si sono baciati. Anita è innamorata. Non l'ha mai sentita così felice.

Clara è contenta, ma qualcosa la trattiene dal provare gioia.

Forse perché a lei non è mai accaduto.

10.

BACI

Anita risponde al primo squillo.

– Finalmente!

– Avevo le cuffie, scusa, ho dipinto un sacco!

– Ah, cavolo, pensavo fossi a danza.

– Ma se ho male al piede!?

– Ah, già, scusa...

– Dai... racconta.

– Un'ora! Ci siamo baciati un'ora di fila.

– Wow...

Clara cerca di immaginarseli, seduti sulla panchina, con i volti arrossati e le bocche appiccicate che si staccano solo per riprendere fiato.

– Non è felicità, è più della felicità!

– Cavolo... ma vi siete baciati davanti a tutti?

– Prima sì... poi ci siamo spostati in fondo al parco, per stare più da soli... cioè sdraiati, sull'erba.

– Non era freddo?

– Non ho sentito il freddo, eravamo così vicini... appiccicati...

– Wow!

– Mi continuava ad accarezzare i capelli... mi baciava e mi accarezzava...

– Baci come?

– Con la lingua, lunghi... ma anche piccoli, con le labbra, un po' come i baci dei bambini ma diversi.

– Cioè?

– Cioè strani, così...

Sono in videochiamata, Anita mima un bacio a labbra chiuse, come su una guancia. Poi riprende il suo racconto appassionato.

– Con le labbra calde... morbide, non so spiegarti...

– Tipo al cinema!

– Sì, ma se guardi un film non puoi capire com'è davvero, non si può immaginare una cosa così. È... è bellissimo!

– Quanto ti batteva il cuore?

– Avevi ragione... da pazzi! Come fa? *Un'emozione...*

– *...farsi strada nel mio petto* – cantano insieme.

– Che bello...

Clara sente l'emozione percorrerle le braccia, guarda il volto estasiato di Anita mentre racconta.

– Poi siamo stati appiccicati per strada, in treno, fino al cancello, perché mi ha accompagnata... ma ti ho suonato e non hai risposto.

– Avevo le cuffie!

– Ah già...

Clara tentenna un momento. – Ho finito il quadro.

– Quello delle rose?

– Sì, ma poi allo sfondo che hai visto tu ho aggiunto dei volti, ma che non vedi subito, devi guardare bene. Ecco.

Clara inquadra il suo capolavoro con il telefono.

– Li vedi?

– Veramente no – risponde Anita sforzandosi inutilmente.

– Devi vederlo dal vivo! Passi ora?

– Ora ho allenamento, domani dopo scuola salgo da te.

– Domani no, torna mamma.

– Ah già... scusa mi ero dimenticata.

– Ti perdono, ma vedi di non dimenticarti anche che esisto.

– Scema! Sei l'amica migliore del mondo!

11.
SGUARDI

Sono passate due settimane dal loro primo bacio e anche Ste sta vivendo in una specie di bolla di sapone gigantesca, sollevata da terra, che contiene soltanto lui e Anita.

Non vede l'ora di prendere il treno per rivederla, la pensa in continuazione. Vanno al parco a studiare dopo la scuola ma per i libri, tra baci e chiacchiere, resta poco tempo.

Si sono impegnati a non far capire alla squadra che stanno insieme. Lo sa solo Yuri, che sa tenere un segreto, ma certi loro sguardi sono troppo eloquenti così gli altri hanno cominciato con le battutine.

Oggi hanno fatto una gran partita.

A volte si creano delle alchimie in acqua, è come se fossero sincronizzati, in un balletto in cui ogni braccio si alza al momento giusto, ogni scatto parte nella direzione in cui deve andare e a ogni lancio la palla compie la parabola perfetta per entrare in rete.

Si sono goduti gli applausi dagli spalti e i complimenti di alcuni avversari, con cui il rituale vuole si stringano la mano a uno a uno a bordo vasca.

Sono una buona squadra, forte e affiatata.

Negli spogliatoi, però, basta poco perché l'intesa svanisca. Filo, che è stato uno dei migliori in acqua, sembra esaltato. Ha iniziato a torturare Tappo, chiamandolo "nanetto" e nascondendogli il borsone in cima agli armadietti, e sono volati gli insulti.

Ora il suo bersaglio è Ste.

– Ma l'avete visto come guarda la cocca?

– Piantala! – risponde Ste stizzito. – E anche se fosse, – aggiunge – che ti importa?

– Allora te la sei fatta?

Ste non risponde, si infila i calzini a fatica sui piedi ancora umidi.

I genitori insistono sempre sull'accuratezza con cui bisogna lavarsi e asciugarsi dopo un'ora nel cloro, ma docce e vestizione durano pochi minuti e all'uscita si sentono sempre le solite frasi: "Ti prenderai un raffreddore con i capelli bagnati", "Allacciati bene le scarpe che inciampi", "Mettiti il giubbotto che c'è lo sbalzo di temperatura". Se gli adulti venissero registrati potrebbero accorgersi di quanto sono noiosi, ma nessuno li registra, e così perseverano a spargere raccomandazioni nel vuoto.

– Ehi, raga, se l'è fatta! – esclama Filo sguaiato. – Ah ah, lo sapevo io!

Partono commenti e risatine. Quando Filo dà il via, gli altri sembrano soldatini che rispondono al comando, per qualsiasi cosa.

Ste si veste in fretta e dice: – Vi aspetto fuori, scemi.

Dopo la partita vanno sempre in pizzeria, è impossibile sparire. E comunque ha voglia di rimanere ancora con Anita, anche se per mangiare dalla parte opposta di un tavolo. Gli basta guardarla per sorvolare sul sarcasmo di Filo e degli altri. Gli basta guardare il suo sorriso, i suoi lunghi capelli ricci e ingarbugliati, i suoi occhi grandi e scuri come la notte. La sua bocca carnosa che non smetterebbe mai di baciare. È davvero difficile fare finta di niente. «Che poi tutti hanno capito,» pensa «forse tanto vale non dargli soddisfazione e, anzi, farli schiattare di invidia.»

12.

ODORE

A volte mentre i prof spiegano, Clara disegna sui quaderni o tra le pagine libere del diario. Dai suoi tratti leggeri prendono vita zebre, elefanti e soprattutto felini. Adora le leonesse.

Sogna safari nella savana e intanto si guarda tutti i documentari che può sul canale del *National Geographic*.

Anche Anita sta disegnando, o meglio sta tentando di tracciare un ritratto di Blu che non le sta riuscendo molto bene.

Il prof di scienze sta parlando di clima e quando nomina l'Africa, Clara lo interrompe: – Lo sa, prof, che in Africa le elefantesse allevano i cuccioli insieme?

– Non lo sapevo, – commenta lui – forse allora è una società matriarcale.

– Che vuol dire? – chiede qualcuno.

– Che comandano le dónne, scemo! – esclama Vera.

– Che il potere politico ed economico viene affidato alle femmine, – precisa il prof – e tramandato tra femmine di generazione in generazione.

– Infatti le femmine si prendono cura dei cuccioli di tutte le altre e le nonne elefantesse stabiliscono il passo del gruppo per non far affaticare i piccoli – precisa Clara.

Qualche "wow!" e qualche battutina stupida alzano il livello del vociare e il prof richiama la classe al silenzio.

– Comodo! – aggiunge Marzia alzando la voce. – Se ti muore la mamma non resti orfana!

Il prof invita a tornare sull'argomento della lezione ma Anita non lo sente, le rimbomba nella testa quel commento perfido.

Clara le stringe il braccio. – È proprio cattiva, non le dare soddisfazione.

– Non fa niente – risponde Anita. Ma il sangue sembra scorrerle improvvisamente nelle vene insieme alla rabbia.

Quando suo padre da piccola la trovava in lacrime, le diceva sempre: «Guardiamo avanti, Ani, guardiamo avanti».

Ma lei ha sempre voglia di guardare indietro.

Chissà come sarebbe stato vivere con tante zie e nonne invece che lei e suo padre da soli, così soli per tanto tempo prima che Michela entrasse nella loro casa, dormisse in camera con papà, al posto di mamma, svuotasse i cassetti del comò per metterci dentro le proprie cose, riempisse l'armadio con i suoi abiti.

Non era stato facile i primi giorni. Venivano i parenti a conoscere Michela; i nonni, gli zii si mettevano Anita sulle ginocchia, garantivano attenzioni, suggerivano sentimenti.

Nessuno le aveva mai chiesto cosa aveva provato mentre suo padre preparava scatoloni da portare in cantina zeppi di abiti e magliette e jeans che "metterai quando sarai grande". Anita avrebbe voluto nascondersi dentro uno di quegli scatoloni, starsene per sempre dentro quel cubo ad annusare ciò che restava dell'odore di sua madre. Invece se ne stava seduta per terra, accanto a quel padre indaffarato a far aderire bene il rotolo di scotch marrone, mentre lei pettinava la sua bambola canticchiando una canzoncina che nessuno riconosceva. Erano parole che si inventava con la mamma, per giocare a rime, prima di dormire. Le loro canzoni segrete, niente da esibire, solo da custodire come certi sassi che raccogli in riva al mare e non hanno niente di speciale se non per te.

Quando suona la campanella Anita non ha fretta di uscire come la maggior parte della classe. Nel frastuono contempla il ritratto mal riuscito di Blu, una massa informe su quello che dovrebbe essere il bracciolo di un divano.

– Faccio schifo! – esclama.

– Ma no dai, ha solo la testa un po' piccola...

– Sembra un topo con la faccia tonda.

Clara scoppia a ridere. – Un po' è vero...

– Se la vedesse Blu...

In effetti quella sul foglio non somiglia per niente alla sua certosina, né nei tratti né nelle proporzioni.

– Faccio schifo – mormora ancora Anita.

È brava in disegno tecnico, e quando suo padre le dice "hai preso da me" non ne è tanto fiera. Vorrebbe saper disegnare alberi in fiore o fare caricature dei prof come Marzia o Tommy, un compagno delle medie che le faceva i disegni a mano libera in cambio di una ricarica del telefono. A lei riuscivano bene solo le proiezioni ortogonali.

Orfana. Anita ha paura di incrociare lo sguardo di

Marzia, ma in corridoio è subito chiaro che è Clara che stanno aspettando, per schernirla.

Stavolta è Vera a scandire chiaramente le parole in modo che tutti sentano: – Prof, lo sa che io so un sacco di cose e sono la prima della classe?

Ridacchiando suscitano ilarità intorno.

Clara non risponde, come al solito, guarda il telefono come se le importasse solo dei messaggi che sta controllando, ma la verità è che vorrebbe mettersi a piangere.

Vorrebbe chiedere perché le svuotano l'astuccio, perché le fanno il verso per ogni cosa che dice, perché la torturano ogni giorno con piccole cose che tutte in fila sono peggio di uno schiaffo di quelli che lasciano lo stampo.

Certo, sono stupide, non hanno interessi o passioni in cui esprimersi, questo lo sa, non studiano e parlano solo di sciocchezze, ma non basta per riuscire sempre a fregarsene.

Anche se sei in gamba, e forte, e intelligente come è lei, anche se sai che quel male ti arriva da chi si annoia e deve riempire le proprie giornate di queste cattiverie altrimenti brancola nel vuoto, il male fa male lo stesso.

Le parole sono pietre è il titolo di un libro che

stanno leggendo per narrativa. Ti puoi scansare, ma prima o dopo ti colpiscono.

Clara si ritrova a stringere i denti, e non è un modo di dire; cerca di convogliare la rabbia tra gli incisivi che premono gli uni contro gli altri, superiori contro inferiori, e se non si allontana di lì potrebbero saltare tanto preme.

– Che cretine... – dice Anita. – Le prenderei a sberle.

Clara pensa che questa volta vorrebbe proprio che lo facesse, per vendicare entrambe, e questo pensiero la agita ancora di più. Appena girano l'angolo del corridoio, con uno scatto improvviso si infila in bagno. Anita, stupita, la segue.

Clara si appoggia alla parete di piastrelle sbeccate, con fughe nere che nessuno insiste più a pulire. Scoppia a piangere e Anita è sconcertata.

Di solito Clara passa sopra a tutto, appare impermeabile a ogni cattiveria.

– Che c'è? – le chiede.

Clara non risponde, cerca di trattenere i singhiozzi.

– Sono solo invidiose, lo dici sempre anche tu.

– Lo so, ma oggi non so perché sto così. Però sto così.

– Non ti puoi tenere sempre tutto dentro, cavolo.

– Ma arrabbiarsi non serve a niente, le fai solo

contente. È che tutta questa cattiveria... mi fa male che esista. Non mi fa arrabbiare, mi stanca.

– Ti dispiace anche per me, vero? Per prima.

– Sì...

Clara si asciuga le lacrime con il polso della felpa, apre il rubinetto del lavandino, si dà una passata al volto, e dice: – Ok. Sto bene. Andiamo che perdiamo il treno.

– Ok – dice Anita.

Ma prima di riaprire la porta la abbraccia, e non è chiaro chi ne abbia più bisogno.

13.

CINEMA

Quando rivede Ste alla stazione, per un attimo Anita vorrebbe lasciarsi andare, piangere tra le sue braccia per quello che Marzia le ha buttato addosso così, soltanto per il gusto di farle male.

Ma non vuole mostrarsi fragile: con lui vuole solo stare bene, vuole proteggere la loro storia, custodirla così com'è. A volte gli racconta qualcosa della sua famiglia, ma rimanendo sempre nella zona in cui si muove in sicurezza, raccontando i fatti senza soffermarsi troppo su di sé, senza andare in profondità.

Perché quando quel dolore risale, la travolge come un uragano a cui non si può opporre resistenza e soltanto Clara può vederla così indifesa.

Oggi devono andare al cinema a Milano, a Citylife, e deve essere tutto perfetto.

Nel tragitto verso casa, lei e Clara hanno finito per consolarsi a vicenda, affidandosi alla musica che le aiuta a cambiare umore. Utilizzano i pezzi che più le emozionano come medicinali, che le fanno davvero sentire più forti. È come avere una cassettiera con pochi cassetti: in ognuno c'è un pezzo giusto a seconda dello stato d'animo. Ci sono pezzi che aiutano a esprimere il dolore a pieno, per riuscire a piangere quando qualcosa le blocca, altri che mettono allegria, quando hanno bisogno di una spinta per trovare lo slancio nella giornata. Ci sono quelli che alleviano un ricordo sgradevole e quelli che le riportano immediatamente al passato, perché è lì che in quel momento vogliono tornare.

È stata Clara a insegnarle questa tecnica e Anita ha imparato che funziona.

Hanno cantato a squarciagola "*diverse da loro*", dedicandola a Marzia e Vera.

Ridendo ogni volta che qualcuno incrociandole le guardava in modo strano.

Poi Anita ha inventato il gioco delle targhe: intercettare le iniziali dei ragazzi sulle targhe delle auto che passano, associandone i numeri alle date di nascita, e cose del genere. AS329PS Ani Ste, 3 baci il 29 aprile, Per Sempre.

Cose così.

– Quando sei innamorata fai un sacco di cose sceme, si chiama scemitudine – ha commentato Clara, però si sono divertite.

Quando si sono salutate, Clara non vedeva l'ora di andare al maneggio con sua madre, ora che la caviglia era perfettamente guarita, e Anita di mangiare al volo per riprendere il treno dopo un'ora.

Aveva faticato a ottenere il permesso per andare al cinema, perché suo padre più lontano di Monza non l'avrebbe lasciata andare.

Ma Anita ne aveva parlato con Michela e il giorno dopo Sergio si era dimostrato più disponibile, fino a dirle quel va bene che le aveva fatto battere il cuore solo all'idea.

Aveva subito comprato i biglietti per l'Anteo online, per paura che suo padre cambiasse idea, li aveva stampati e messi in bella vista sulla madia all'ingresso. Nessuno le avrebbe rovinato quella giornata.

Si sono baciati tutto il tempo e non hanno capito molto del film.

Come i cioccolatini, le ciliegie, le patatine, un bacio tira l'altro.

Smettere è davvero difficile, anche se il film ti piace e vorresti sapere cosa succede alla protagonista che sta organizzando la rapina del secolo.

Ora camminano mano nella mano, ricostruendo la trama, parlando di scuola, della squadra, delle azioni migliori, di tiri liberi e falli, di quel che succede sott'acqua tra spintoni, tentativi di trattenerti il braccio per farti andare giù e qualche calcio dai più fallosi. Di rigori sbagliati e di gol sorprendenti, di tiri d'angolo ed espulsioni contestate. Di quanto ad Anita piacerebbe andare a giocare a Milano, che ha un campionato femminile; per adesso i suoi non vogliono, troppo scomodo accompagnarla e riprenderla agli allenamenti serali, e tornare in treno alle undici di sera sarebbe pericoloso.

Spesso Anita guarda le partite della nazionale femminile su YouTube, coccolando Blu che sonnecchia sulle sue gambe; le immagini scorrono e vorrebbe essere lì in mezzo, con tutta la sua grinta e la voglia di stare in una squadra di ragazze.

Segue su Instagram molte pagine di squadre di pallanuoto, ma soprattutto quella di Lucrezia Cergol, che in una foto ha la tuta con scritto ITALIA sulla schiena e ad Anita sembra di sentirle addosso la fierezza di indossarla.

– Cavolo, sono quasi le otto! – esclama Ste.

Chiacchierando hanno perso la cognizione del tempo, capita se con l'ora legale è ancora chiaro e se stai così bene che il tempo diventa un dettaglio.

Si devono sbrigare, l'ultimo treno è alle otto e un quarto.

Iniziano a correre e arrivano trafelati alla fermata della metropolitana che li porterà in stazione.

Scendono le scale di corsa, le loro mani si dividono solo per timbrare i biglietti e poi di nuovo a correre, insieme, facendo gli scalini a due a due perché ci sono due rampe e si sente già che la metro è in arrivo al binario. Con un balzo entrano proprio mentre le porte si stanno chiudendo, iniziano a ridere con il fiato corto.

Anita pensa a quante cose avrà da raccontare a Clara, che aveva ragione quando diceva che è molto più bello guardare un film su uno schermo immenso: le dirà del film, che però hanno visto a singhiozzo tra un bacio e l'altro; di quella sensazione strana, nel buio della sala, di voler sprofondare e sparire nelle poltrone comode, di sentirsi dentro un guscio immaginario in cui si è una cosa sola, indissolubile;

di quando Ste, in quel guscio, le ha sollevato appena il maglione e le sue dita scorrevano lente sulla pelle; del turbamento quando le ha accarezzato il seno, il respiro le si è fatto nervoso ma lo ha lasciato fare, perché non voleva che smettesse.

Del gelato che hanno preso prima di entrare al cinema.

Nocciola e fior di latte lei, nocciola e fior di latte lui.

«Siamo fatti l'uno per l'altra» pensa.

14.

SELFIE

Quando Anita gioca, l'acqua diventa il mondo, ciò che sta fuori dall'acqua non esiste.

La palla è il suo obiettivo, la sua responsabilità; la deve difendere, la deve proteggere, la deve mandare in rete.

Quando gioca, gli altri diventano solo compagni di squadra, non importa chi sono, chi è simpatico, chi è antipatico, è la sua squadra, si gioca uniti contro il nemico.

Quando gioca, Anita si sente invincibile.

Invece oggi hanno perso.

Lei ha segnato un paio di gol, e in tutto ne hanno

fatti sei. Ma con la prima in classifica non sono bastati e ne hanno incassati otto.

Giò a fine partita ha detto: «Non importa». Invece a lei importa ed è molto arrabbiata perché c'è un compagno, Samir, che è troppo falloso e la sua espulsione è costata cara.

Giocare in sei complica tutto, e se a inizio partita ci sono le energie per tamponare spazi vuoti, verso la fine non ce la si fa a scattare da una parte all'altra del campo con la stessa velocità. Anita lo ha rimproverato, ma Filo è intervenuto a difenderlo, senza rispettare il suo ruolo di capitana, e Samir ha smesso di ascoltarla.

Ora è nello spogliatoio delle femmine, con le due ragazze della squadra avversaria.

Loro si stanno facendo dei selfie davanti allo specchio, con le dita a "v" di "vittoria". Sporgono le labbra a forma di cuore, improvvisano pose sexy, mettono il dito in bocca, ammiccano.

Lei esce dalla zona docce, è rimasta un po' troppo a lungo sotto il getto caldo e deve ancora vestirsi.

– Dai, vieni qui!

– Io? – risponde Anita, avvicinandosi avvolta nell'accappatoio.

– Dai, mettiti qui – insiste quella con i capelli rossi. – Mica ce l'hai con noi perché vi abbiamo stracciati?

– 8-6 eh, stracciati non direi – commenta Anita sorridendo. – Comunque no, ovvio che non ce l'ho con voi.

– Allora dai, mettiti qui – dice una delle due prendendola sottobraccio.

Anita si sporge in avanti, al loro fianco, imitandole nell'assumere l'aria più seducente che può.

– Scopriamoci le spalle – dice la ragazza con i capelli rossi.

Poi scatta tre volte.

– Dammi il numero che te le mando – dice con lo sguardo sul telefono. – Ti chiami Anita, vero?

– Sì. Voi?

– Io sono Sara e lei è Monia.

Anita si allontana per prendere il telefono dalla sua borsa.

– Che ridicole! – esclama quando vede le foto.

– Come ridicole, siamo fighissime! – le fa eco Sara.

Sembrano simpatiche, Anita comincia a vestirsi e pensa che sarebbe bello essere in squadra con loro.

– Ciao! Alla prossima! – le gridano uscendo.

Anita scrive a Clara della sconfitta. Sta per mandarle anche i selfie ma poi desiste, immagina la faccia di Clara, si sente una stupida. Butta le sue cose alla rinfusa nel borsone e raggiunge gli altri nell'atrio.

Suo padre e Michela la abbracciano entusiasti.

– Hai spiazzato il portiere...

– Sei stata una bomba...

– Però abbiamo perso – ribatte lei drastica.

– Ma contro la squadra prima in classifica...

– E poi vi siete presi due gol per l'espulsione...

– E poi Ani, tu sei stata la migliore, bravissima!

Sono sempre incoraggianti, e questo le fa bene anche se non lo dà tanto a vedere.

15.

PIZZA

La pizzata dopo partita è sempre un bel momento per la squadra, anche quando si perde. Stare insieme, scherzare, ripensare ai momenti clou della partita, mangiare di gusto, è davvero divertente e appagante.

C'è chi come Anita mangia la pizza con le mani, chi con coltello e forchetta, ma comunque sia, in pochi minuti i piatti si svuotano e si ordinano le patatine fritte.

Filo è seduto a capotavola. – Sei un coglione e basta! – sta dicendo a Samir che si è fatto espellere. – Se non li sai fare da furbo i falli non li fare.

– Non rompete che ci ha già pensato Giò – risponde Samir versandosi della Coca.

– Invece Anita... che tiro il primo gol... il portiere hai visto quanto si è incazzato? Non ha fatto in tempo a muoversi che la palla era dentro – dice Yuri.

Due compagni dicono «Sei fortissima» e «Ci è davvero rimasto», e ghignano.

Filo cambia subito discorso spostando l'attenzione di tutti sull'arbitraggio.

Ste non dice una parola ma lo infastidisce che Anita non si possa nemmeno godere l'approvazione del gruppo. L'ego di Filo gli dà la nausea.

– Ma le tipe le avete viste? – chiede Filo.

– Le tipe o le tette delle tipe? – chiede Tappo suscitando ilarità. Poi si gira verso Anita e aggiunge: – Scusa.

Anita lo guarda con aria di compatimento, non sopporta certe battute stupide dei maschi; Clara dice che non ce la possono fare, parla di Darwin, evoluzione, ma lei non ne è convinta perché Yuri, che è il suo migliore amico, non fa così, e nemmeno Ste.

Qualcuno tira a Tappo dei resti di cibo che gli finiscono sulla T-shirt bianca; lui risponde con un vaffa e inizia il caos.

Al loro tavolo, vicino ma separato da quello dei genitori, va sempre a finire così. Cose che volano, parolacce, un paio di genitori che si alzano a sedare gli animi e poi l'arrivo dei dolci che zittisce tutti.

Anita e Yuri si scambiano l'assaggio delle reciproche scelte, lo fanno sempre, con qualsiasi cosa, dalla pizza al gelato.

Lui ha scelto la panna cotta ai lamponi, lei il tiramisù.

Anita si sta godendo il sapore della crema al mascarpone quando sente Filo dire: – Comunque, raga, io le tipe le ho spiate in spogliatoio.

Rimane immobile, con il cucchiaino fermo in bocca.

Alza lo sguardo verso Filo.

Lui le fa l'occhiolino.

16.

BUIO

– Non mi posso più sedere di fronte alla mamma di Tappo, non la sopporto, non le esce di bocca una frase interessante mai, ogni cosa che dice è una scemenza!

– Vero.

– E poi quanto parla forte? Anzi non parla, strilla. Ma l'hai sentita quanto strilla?

– Vero.

– E le barzellette idiote di suo marito? Ma ti sei reso conto che rideva solo lei?

– Vero.

Sergio non tradisce il suo fare serafico, così come Michela la sua irritabilità.

Lui si lascia scivolare le cose addosso, anche troppo, lei se le tiene tutte addosso, anche troppo.

Di solito Anita li ascolta divertita, come di fronte alla scena di un film che conosci a memoria.

Stasera invece, sulla via del ritorno, vorrebbe solo che tacessero.

Vorrebbe che il silenzio accompagnasse il buio fuori dal finestrino, lungo le strade serpeggianti verso casa. Infila le cuffie nelle orecchie e sceglie una playlist di Clara, che ascolta cose strane e le ha fatto conoscere un gruppo da vecchi ma molto figo, i Pink Floyd. Perfetti per lasciare che la mente vada dove vuole. La sua però vuole restare in pizzeria.

«Io le tipe le ho spiate in spogliatoio.» Filo ha detto proprio così. E l'occhiolino, e quegli occhi neri sottili e brillanti e taglienti.

Possibile non essersene accorte in tre?

Per quanto le avrà spiate? E da dove?

Dove si era nascosto? All'ingresso, dietro l'angolo del muro, o dietro la prima fila di armadietti perpendicolari rispetto allo stanzone che si sviluppa in lunghezza?

Cerca di ricostruire i propri movimenti: si è infilata le mutande con l'accappatoio addosso, era di spalle all'ingresso? Sì, era dal lato docce. E poi… e poi l'accappatoio se l'è tolto da seduta, e poi si è infilata il reggiseno e subito la maglietta. Dava le spalle all'ingresso. E il giubbotto dov'era? Le faceva da schermo o era più in là? Non se lo ricorda. No, era dietro di lei, è sicura perché ha preso il telefono per scrivere a Clara.

Però per infilare la tuta si sarà alzata e chinata in mutande, e lui l'avrà vista bene, certo, e poi la tuta era appesa, e mentre la prendeva lui l'avrà vista anche davanti, perché la felpa l'ha infilata per ultima… ma come ha fatto a non vederlo?

Ma come si può pensare che qualcuno entri a spiare?

Ste continua a inviarle messaggi, ma lei è troppo agitata e risponde con poche parole, sperando che lui si stanchi di commentare la partita e le scemate della serata.

Scrive a Clara, che non risponde.

«Mamma dove sei» pensa, rapita da un altro buio.

Michela è meravigliosa, l'ha cresciuta proprio come una seconda mamma e lei la sente così. Si sente amata e le vuole bene. Ma ci sono momenti, momenti difficili, dove gli amori lontani risalgono prepotenti dal profondo e una nostalgia struggente affiora tra le lacrime.

Anita ne asciuga un paio.

«Chissà se Michela ha ragione,» pensa «chissà se davvero da qualche parte mamma svolazza in giro con ali di farfalla.»

17.
GENITORI

Pietro, il vicino, si è fidanzato e ha organizzato una cena per le presentazioni.

Clara era contenta dell'invito, sia perché l'idea di zio Pietro fidanzato le piace, sia perché avrebbe assaggiato del cibo insolito visto che questa Viola cucina marocchino, ma la serata non le è piaciuta affatto. Viola è simpatica e il cibo era una delizia, ma tra i suoi c'era tensione, parlavano con gli ospiti ignorandosi l'un l'altro e non è da loro. Sua madre continuava a versarsi del vino e ancora prima delle undici era già tutto finito.

C'è tensione da quando è tornata.

Negli ultimi giorni, quando Clara rientra, dal pianerottolo avverte che è in corso una discussione che termina appena lei gira la chiave nella toppa, i suoi ammutoliscono o cambiano discorso con un paio di frasi improvvisate che sono peggio del silenzio.

Clara non osa chiedere, non vuole nemmeno ipotizzare che all'orizzonte ci sia una separazione o cose del genere che sono già capitate a suoi compagni di scuola, per cui sta aspettando che questa stranezza passi, di rivedere i suoi abbracciati sul divano davanti a una serie o mentre si preparano per andare a ballare in uno di quei locali dove fanno musica da vecchi.

Invece finita la cena si sono congedati da Pietro e Viola con dei sorrisi che si sono spenti appena varcata la porta d'ingresso, e sua madre ha detto: «Ho un po' da lavorare». Le ha dato il bacio della buonanotte e si è chiusa nello studio; suo padre le ha detto solo notte ed è andato a letto senza nemmeno passare dal bagno, neanche per lavarsi le mani, segnale inequivocabile che la situazione è preoccupante.

Clara non riesce a dormire.

Vorrebbe tanto, ma i pensieri galoppano nella sua mente come una mandria di Appaloosa allo stato brado.

E se sua madre avesse incontrato un uomo a New York, durante la lavorazione del film? Un attore magari, più bello e affascinante di suo padre? Scaccia quel pensiero, prova a girarsi sull'altro fianco, cerca di pensare ad Anita e Ste che si baciano al cinema o al parco, alla verifica di storia per cui studiare l'indomani, a un ragazzo della I C a cui risulta invisibile ed è inutile che Anita le dica che non è vero perché certe cose si capiscono.

Vorrebbe chiamare Anita ma sa che è ancora alla pizzata dopo partita.

E se fosse suo padre ad aver conosciuto una persona? In banca si incontra un sacco di gente. O forse litigano perché lavorano troppo, sono stanchi, o magari mamma deve ripartire e papà la fa sentire in colpa, ci ha provato altre volte. Forse una piccola vacanza potrebbe sistemare tutto? Pensa che potrebbe chiedere ai suoi di tornare un fine settimana in Veneto dove l'anno prima, appena usciti dal lockdown, erano stati così bene.

Clara era rimasta estasiata dalla gipsoteca del Canova, un posto che avevano scoperto per caso, chiedendo un'indicazione per un ristorante a una persona che si era raccomandata non perdessero l'occasione di visitarla passando da quelle parti.

Si alza per lanciare subito la sua proposta risolutiva, ma quando entra nello studio sua madre non sta lavorando, sta già dormendo, sul divanetto di fronte alla scrivania. Rannicchiata e scomoda. Forse anche brilla.

Clara è trafitta dalla paura. «Se non dormono insieme si lasciano.»

Ha la sensazione di essersi pietrificata.

Poi le gambe sembrano cedere, e allora raccoglie forze e sconforto e va in camera dei suoi, si infila nel letto accanto a suo padre. Lui nemmeno se ne accorge, ha già il respiro pesante, ma lei ha bisogno di non sentirsi sola. È così affranta che si dimentica del telefonino, rimasto in camera sua.

18.
AMICHE

– Anita, hai sentito quello che ho detto?

– Scusi, prof.

– Ragazzi, però così non va bene, dovete stare attenti! Poi non mi venite a dire che do verifiche troppo difficili!

Il prof è risentito, scuote il capo con disappunto fissando il registro aperto sulla cattedra.

– Scusi, prof – ripete Anita, ma proprio non riesce a concentrarsi su niente, a togliersi dalla testa l'occhiolino di Filo.

In effetti gli spogliatoi delle femmine sono sempre deserti, le ragazze sono quattro o cinque al massimo tra entrambe le squadre. Qualche volta Anita si trova da sola.

Ogni volta che immagina Filo nascosto dietro lo spigolo dell'ingresso o alle spalle degli armadietti, si sente scorrere una scarica lungo le braccia e la tensione le blocca il respiro.

Clara ha le antenne e tenendo lo sguardo fisso sul prof le prende la mano. – Sei gelida – sussurra.

Il prof sta scrivendo sulla lavagna gli argomenti della verifica. – E zitti, altrimenti vi fate la ricreazione in classe – dice calcando il gesso nervosamente.

In classe cala il silenzio.

Clara scrive con un occhio alla lavagna e uno alla sua destra.

– Ani! – esclama sommessamente. – Scrivi!

Anita riprende a scrivere. – Non riesco a non pensarci.

– Magari ha visto un secondo le altre e tu eri ancora in doccia.

– E l'occhiolino allora? L'occhiolino è l'occhiolino.

– Già...

Clara non sa che dire, vorrebbe consolarla ma in effetti sembra proprio una brutta storia.

Peggio della sua. Stamane Anita le ha suonato il campanello mezz'ora prima del solito per raccontarle tutto ed è chiaro che qualcosa quel tipo ha visto; in treno è stata tutto il tempo con il berrettino sugli occhi fingendo di avere sonno per isolarsi dal baccano intorno.

Clara sta male a vederla così.

Insomma, l'unica cosa da fare sarebbe stare insieme tutto il pomeriggio, ma oggi Clara ha il dentista e viene a prenderla suo padre che ha chiesto un permesso al lavoro per accompagnarla, lo studio medico è in un paese vicino dove il treno non si ferma.

«Proprio oggi,» pensa Clara «proprio oggi cavolo!»

Un'amica che sta male sei tu che stai male, sei tu che vorresti prenderti un pezzo di quel male e portartelo addosso, per alleggerirla e darle sollievo. Vorrebbe chiamare il padre e inventarsi qualcosa e disdire il dentista, ma sa che al lavoro lui fatica a prendersi i permessi e non se la merita una bugia. In questo periodo poi meglio non creare problemi, innervosirlo, deluderlo.

Quando suona la campanella, il prof posa il gesso e dice: – Potete andare.

Anita e Clara rinunciano al panino e si isolano in un angolo dell'atrio, dove nessuno le possa ascoltare. Si siedono a terra, sotto il davanzale della finestra.

– Non fare quella faccia, che quelle si incuriosiscono – dice Clara indicando con lo sguardo Vera e Marzia, sempre pronte a godere delle sofferenze altrui. – Vuoi venire con me dal dentista oggi? Mangiamo con mio padre e almeno poi stiamo insieme.

– No, grazie, voglio solo chiudermi in casa.

– Non devi stare sola. Puoi vederti con Ste?

– No, non voglio dirgli niente. Mi vergogno troppo.

– Ma tu non hai fatto niente, è Filo lo stronzo.

– Be', io mi vergogno lo stesso. E poi Ste stamane non l'ho visto e non mi ha nemmeno scritto. Boh. Magari parlo con Yuri, è l'unico che può aiutarmi a scoprire cosa ha visto Filo, tra maschi si parlano.

Mentre pronuncia questa frase le arriva un messaggio di Ste:

Vengo da te alle 3 ok? Dobbiamo parlare

Anita mostra il messaggio a Clara. – Secondo te che vuol dire?

Ansia.

19.

PAROLE

Per pranzo Anita ha mangiato solo una banana e del cioccolato, mentre Clara, dal cinese, le inviava foto delle varie pietanze, senza suscitare in lei alcuna acquolina, nemmeno con gli spaghetti alla piastra, i suoi preferiti, tra cui spiccano i colori delle verdure arancioni e verdi.

Ad Anita dispiace non essere andata con loro.

Al messaggio di Ste ha risposto Ok, ha pensato di chiamarlo ma poi l'ansia le ha bloccato le dita sul telefono, sospese a pochi millimetri dai tasti. Ansia su ansia. Non le resta altro che aspettare le tre facendo zapping su Netflix.

Blu capta sempre il suo malessere, e non si muove

dalle sue cosce. Mentre di solito dorme ai piedi del letto di Anita, se Anita ha la febbre si infila sotto le lenzuola e le resta appiccicata all'altezza del bacino fino a che non è guarita. Quando la febbre passa, riprende a dormire al suo posto.

Nessuno se lo spiega, ma è così.

Anita le accarezza il pelo morbido, ma nemmeno quei piccoli gesti amorevoli riescono a rilassarla.

«Che cosa avrà detto Filo a Ste?»

Di solito Blu non si scompone al suono del campanello, ma Anita scatta in piedi facendola atterrare sul tappeto.

Ste fa le scale di corsa, due scalini alla volta, è impaziente di vedere Anita.

Quando entra ha lo sguardo rabbioso e il telefono in mano.

Lo mostra ad Anita, tenendo il braccio ben teso.

Sullo schermo c'è una foto del momento in cui lei e le ragazze della squadra avversaria si stavano facendo il selfie, dopo la partita. Sono sgranate ma riconoscibili.

– Per fortuna Filo ha un telefono del cazzo! – dice Ste.

Nella foto Anita è di profilo, con la bocca a cuore tesa verso lo specchio. L'accappatoio che scende da un lato, fino al gomito.

Anita cerca di prendergli il telefono dalle mani ma lui si ritrae, le passa di fianco, entra in salotto e si siede sul divano con le gambe divaricate e l'aria severa.

Anita lo segue con la voce rotta dalle lacrime.

Blu inarca la schiena e lascia la stanza.

– Ti posso spiegare!

– Ma sei scema?

– Loro si stavano facendo i selfie e mi hanno chiamata, stavamo solo scherzando.

– Ma guardati! – insiste lui tendendo il telefono in alto, come a mostrarlo a una platea invisibile.

– E poi ho l'accappatoio, non si vede niente...

– Ma ora tutti mi prenderanno in giro! Lo sai com'è Filo!

– L'ha mandata a tutti?

– Ha detto di no, ma non mi fido. Gli devi parlare.

– Io?

– E chi? Sei sempre la capitana, no?

– Che c'entra?

– C'entra, devi parlare con lui, con Giò, cazzo ne so.

– Ma io non voglio parlarne con nessuno, sto troppo male.

– Be', se la vedono gli altri... mi massacrano. Non ci pensi a me? –. Lo dice facendo uno scatto con le gambe, come se fosse attraversato da una scarica elettrica.

Anita lo guarda, non sa che dire.

Non ci pensi a me.

«È me che Filo ha spiato, ci son io nella foto» pensa.

Eppure Ste ha detto «non ci pensi a me».

Anita si sente smarrita, confusa, sola.

A volte non è facile capire perché le parole ti fanno male.

E non è facile nemmeno capire cosa fare, cosa dire.

Quando ti sembra che il mondo ti crolli addosso, vorresti solo che tutto tornasse come prima.

Lui sta lì, con le gambe aperte che saltellano nervose e lo sguardo giudicante.

– Scusami – gli dice in tono supplichevole.

Non ha nulla di cui scusarsi, eppure non desidera altro che farsi perdonare.

Anche se non sa bene di che.

Lui scatta in piedi e se ne va senza nemmeno una parola.

Anita vorrebbe rincorrerlo ma non si muove.

Se ti senti la più stupida delle stupide, vorresti solo scusarti di esistere, e scomparire.

20.
NO

Non è successo niente. Filo non ha fatto girare la foto nella squadra, Yuri ha tranquillizzato Anita, ha indagato, è sicuro.

Ste è scomparso per qualche giorno, poi è riapparso come se niente fosse.

Clara ha cercato di dire la sua, lei avrebbe mollato uno che si arrabbia per un selfie dove non si vede niente e che qualcuno ha rubato.

«E poi Ste se la doveva prendere con Filo, non con te, che hai fatto tu?» le ha detto.

Anita ha tagliato corto con un «non puoi capire», che voleva dire "che ne sai se non ti sei mai innamorata, che ne sai di come si può litigare, fare pace, perdonare”.

Hanno smesso di parlarne.

Ma per Anita, anche se non lo dirà mai e anche se Ste è tornato a essere dolce come prima, non è più come prima. C’è una crepa nel muro.

Il malessere filtra silenzioso, giorno dopo giorno.

La bacchetta magica che illuminava ogni loro momento insieme sembra aver perduto i super poteri.

Magari sono sul divano, al pomeriggio, e si stanno baciando; Anita sta bene, si sente felice. Poi dal nulla affiora il ricordo di quel pomeriggio, e allora si alza, si inventa di avere fame o di avere una verifica per cui deve ripassare, perché improvvisamente desidera solo restare sola e non sentirsi in quel modo.

Lo rivede mentre la guarda con disprezzo, come se fosse sua la colpa di quella foto che Filo aveva rubato.

Ripensa ai messaggi in cui Ste le chiedeva insistentemente se avesse risolto, come se lei avesse avuto il potere di risolvere chissacché. Tutto era nelle mani di Filo.

Lui aveva spiato nello spogliatoio delle femmine, *lui* aveva mandato la foto a Ste.

Avrebbe potuto girarla a tutti, avrebbe potuto essere ancora più stronzo. Tutto qui. Quando si erano rivisti in piscina, lei lo aveva fulminato con uno sguardo carico di rimprovero e lui, pur non scusandosi, aveva smesso di prenderla in giro come al solito, come se si fosse reso conto di aver oltrepassato un limite, un limite a cui non ci si deve neanche avvicinare.

Anita sente che in fondo Clara ha ragione, Ste avrebbe dovuto difenderla e non l'ha fatto, e non le ha mai chiesto scusa, una passata con il bianchetto e via, e questo pensiero la fa soffrire tremendamente.

Allo stesso tempo vuole che Ste sia ancora il suo ragazzo, ci tiene tantissimo a lui, a loro due, e percorre questi pensieri in bilico su un filo che le dà le vertigini.

Ste è tornato dolce e divertente, ma lei non si diverte più.

Vorrebbe tanto essere felice come un mese prima, sentirsi emozionata solo all'idea di salire in treno, guardarsi allo specchio con i suoi occhi, accarezzargli i capelli mentre sdraiati sul letto lui le racconta le cose che non ha mai detto a nessun'altra.

Sembrava facile essere felice. Anita ci prova, prova a fare finta di niente, a seppellire tutto sotto il tappeto, ma non ci riesce.

Non sa che non si può.

E in tutto questo subbuglio, lui le ha chiesto una cosa che non si aspettava.

Una cosa che l'avrebbe messa in crisi anche se tutto fosse filato a meraviglia, ma che ora la terrorizza.

– Ci vieni con Ste al saggio? – chiede Clara, che deve prenotare i biglietti alla scuola di danza.

– No, non gliel'ho neanche chiesto.

– Tutto ok?

– Sì sì... Boh...

– Cioè?

Anita si avvicina all'orecchio di Clara: – Mi ha chiesto di farlo.

Clara si porta le mani in volto e i suoi occhi sembrano sputare fuoco.

– Non è successo niente, tranquilla.

– E tu che hai detto?

– Cosa dovevo dire? Che no...

– Ah, ecco...

Anita sospira. – E se mi lascia?

– Ani, sei seria?

– Cioè no... non penso che mi lascerebbe... ma... nemmeno lui l'ha mai fatto e ha detto che sarebbe bello se fosse la prima volta per tutti e due...

– Ani, senti... – ora Clara è risoluta. – Da quella storia della foto stai sempre peggio, a volte nemmeno gli rispondi ai messaggi, che prima non ti si poteva più parlare che avevi sempre il telefono in mano, e pensi di farlo solo perché lui vorrebbe?

– No, no, non ci penso proprio…

– Se hai detto no è no.

– Sì, appunto.

– E allora?

– E allora che ne so… non mi stressare adesso!

– Ok, ok… allora ti prendo un solo biglietto.

21.

DUBBI

Anita è in camera sua.

È di pessimo umore. Con Ste le cose vanno sempre peggio.

Oggi lui non c'era all'allenamento, non l'ha nemmeno avvisata e quando finalmente le ha risposto, ha detto che era andato a Milano con degli amici e ha perso il treno e aveva il telefono scarico.

In palestra Tappo ha fatto una battuta su una tipa, ma lei ha fatto finta di non sentire. Però ci pensa. E se ci fosse davvero una tipa che cerca di portarglielo via?

A cena Michela e suo padre si sono stupiti che non

avesse tanta fame, lei che dopo la piscina si mangia un etto e mezzo di pasta.

Ora aspetta che Ste la chiami, come promesso, guardando il soffitto e ascoltando musica. Tante promesse, ma nel cuore solo spille.

Il telefono squilla finalmente.

– Ciao.

– Ciao. Mancavi solo tu stasera.

– Che ha detto Giò?

– Solite cose... che anche se il campionato è finito l'allenamento è importante, eccetera.

– Che avete fatto?

– Prima solo stile, non ne potevo più, poi ci ha fatto giocare.

– E oggi che hai fatto?

– Niente, un po' in giro con due amiche, qua in paese.

– Che amiche?

– Due delle medie, dell'oratorio, non le conosci. Tu a Milano?

– Sono stato a studiare da quel mio compagno... quello che sta sui Navigli... c'era un sacco di gente in giro, figo.

– Ti sono mancata?

– Un casino.

Anita allunga le gambe sul letto, sente il corpo rilassarsi a mano a mano che chiacchierano.

I dubbi, le paure e la tristezza si allontanano come vele spinte dal vento verso il confine tra il cielo e il mare. Papà e Michela stanno guardando un film in salotto ma sembrano lontani mille miglia, tutto sembra più lontano quando lui le parla in quel modo, con la voce profonda che si sta facendo grande. Lo immagina alla sua scrivania, mentre si scosta il ciuffo biondo che gli cade sugli occhi.

– Sei al computer?

– No, sono sul letto, sono esausto. Tu?

– Anche io sono a letto.

– Sei vestita?

Anita non risponde, è una domanda strana, fatta in un tono di voce strano.

– Ti voglio vedere, ti chiamo su WhatsApp – continua lui.

– Ok...

22.
PIETRE

Vera entra in classe euforica: i suoi ultimi due video su TikTok hanno avuto centinaia di visualizzazioni e Marzia è invidiosa, anche se non lo fa vedere.

«Sei una grande» le ha detto, ma si capiva che aveva le mandibole contratte.

Da quando Marzia è entrata in quella classe, a metà anno, Vera ha sempre dovuto accontentarla, come un'ombra obbediente, ma ora le cose potrebbero cambiare.

All'inizio era contenta che Marzia, con le sue felpe griffate e una trousse di trucchi pazzeschi, avesse scelto lei come vicina di banco e amica. Ma Marzia non accoglie mai una sua idea, decide se e dove si devono incontrare al pomeriggio, cosa fare, persino cosa studiare. Con chi parlare, con chi no.

E poi se la prende sempre con Clara, che in fondo a Vera stava simpatica perché è molto ironica e autoironica, mentre Marzia fa solo battute idiote su tutto e tutti, soprattutto su Clara.

I video di Marzia non hanno mai tante visualizzazioni, anche se lei balla in top e pantaloni cercando di imitare Charli D'Amelio.

Vera invece si è inventata l'imitazione del prof di matematica e ha fatto subito il giro delle chat della scuola.

Stamane riceve gesti di saluto da lontano, la gente la ferma nei corridoi, è una sensazione elettrizzante.

Anche Clara le ha detto "bello il video", e non se lo aspettava proprio da lei, quella gentilezza l'ha fatta sentire a disagio; lei e Marzia le fanno continuamente dispetti assurdi, senza un motivo, e Clara non se la prende mai, e oggi le fa pure i complimenti. L'ha spiazzata, non è riuscita nemmeno a dire grazie, ha abbassato gli occhi ed è andata al banco a sedersi, mentre Marzia si è soffiata il naso, ha arrotolato il fazzoletto di carta e lo ha gettato sul banco di Clara, che questa volta, invece di ignorarla, è uscita dall'aula improvvisamente lasciando tutti, anche la prof, interdetti.

Clara è in singhiozzi. Perché prima o poi a forza di comprimere, il vaso tracima e non lo contieni più.

Non è rientrata in classe, ha detto di aver vomitato e si è fatta venire a prendere.

Non vedeva l'ora che Anita tornasse da scuola per raggiungerla a casa e farsi abbracciare.

Sono sdraiate sul letto, mentre Blu si lecca il corpo meticolosa sul tappeto azzurro.

– Te ne ha fatte di peggio – dice Anita.

– Lo so... – sospira Clara – ma sono stufa.

– Sono due stronze. Ti va un gelato?

– Non mi va di uscire.

– No, quelli nel freezer. Michela è golosa, lo sai, li prende in gelateria.

Clara si asciuga le lacrime e segue Anita in cucina.

Non sa cose le abbia preso oggi, ma quando quel fazzoletto è rotolato sul suo banco è stato come se fosse una pietra pronta a schiacciarla. «Non reagire,» si è detta «non reagire.» E non ha reagito. Ma ferma sul banco non ci poteva più stare. E mentre altre volte tutto scivola via, oggi quella pietra è ancora lì, rotola su se stessa, rotola dalla montagna portando con sé tutti i detriti, ghignate, astucci svuotati, la gomma da masticare sulla sedia, libri spariti il giorno prima della verifica e ricomparsi nel cestino il giorno dopo.

Certo, niente di così grave per cui andare dalla preside, ma tutti insieme pesano molto più di un fazzoletto di carta e non riesce a smettere di piangere.

Per fortuna la scuola sta per finire. Per fortuna ha una vera amica. Con un freezer pieno di gelati.

23.
WHATSAPP

Il pianto liberatorio, il gelato, qualche video su YouTube e Clara si sente sollevata. Il peso nel petto è scomparso. È spossata, e potrebbe addormentarsi anche se sono le cinque del pomeriggio.

Anita sta guardando per l'ennesima volta l'imitazione del prof fatta da Vera.

– È proprio uguale!

– Sì, è forte – dice Clara. – È l'idolo della scuola.

– Se lo vede il prof, la bocciano.

– Ma va, figurati se va su TikTok quello. Ma hai visto come usa il cellulare?

– Al rallentatore!

– Ti vedi con Ste stasera?

– No… va a Milano, dorme da un suo amico perché domani entra alle nove, però mi chiama.

– Tutto a posto allora?

– Sì… sono io che ho dato troppo peso a quella storia…va tutto bene.

– Meno male! Non ti ha più chiesto quella cosa assurda?

– No! Gliel'ho detto che non me la sento, ha detto ok. Lui è davvero speciale, dolce. Cioè, ci sto proprio bene, come prima.

– Ok – sospira Clara.

– Però…

Anita esita, a volte anche una sciocchezza può sembrare improvvisamente qualcos'altro solo a pronunciarla.

– Ho fatto una cosa.

Clara alza le sopracciglia incuriosita. – Cioè?

– Cioè… Lo so che ti arrabbi ma… ho fatto un video. Cioè, lui ha fatto un video.

Clara si mette seduta. – Un video?

– Ma un video nostro.

– Che video?

– Niente, non ti agitare, mi ha chiesto di alzare la canotta… e lui si è toccato… e poi mi ha detto che ha registrato, per guardarselo quando gli manco.

L'espressione di Clara preannuncia un tornado.

– Ma io non ho fatto niente, non sono mica scema – la rassicura Anita.

– Avevi il reggiseno?

– Sì sì... Cioè, poi no...

– Cioè si vedono le tette?

– Ma le ho coperte con le braccia... mi vergognavo...

– Ma sei cretina?!

– Uffa, non farla così tragica... è una cosa tra me e lui... tranquilla...

– Ani! – Clara è irritata, preoccupata, scandalizzata, e tante altre cose insieme. – Ci hai fatto sesso?

– Ma nooo, ero in video.

– Ma ti ricordi la tipa della polizia?!

Anita si ricorda benissimo quell'incontro noioso in terza media sul cyberbullismo e altre cose terrorizzanti riguardo i social. – Ma che c'entra! È Ste, è un gioco nostro, non c'entra niente quel discorso. Non è Filo, non è Marzia! È Ste. È come noi. E poi tra fidanzati si fanno certe cose. Lo vorresti anche tu un ragazzo così.

24.
ESTATE

Luglio e agosto sono davvero i mesi più belli. Niente scuola, il sole che splende fino all'ora di cena, poter uscire tutte le sere e poi rimanere in chat fino a tardissimo, tanto al mattino si dorme, si dorme e si dorme. Il pomeriggio eterno, niente da studiare per verifiche o interrogazioni, solo momenti indimenticabili con amici e amiche o romanzi in cui tuffarti quando hai voglia di ritrovare i tuoi personaggi del cuore.

Anita sta leggendo un libro che le ha prestato Clara, lettrice compulsiva.

«Ma è da vecchi!» aveva detto Anita quando Clara lo aveva tolto dallo zaino dicendole: «Leggi questo».

«È da vecchi ma è bello, parla di questa Marianna che è ricca ma si innamora di un bandito.»

«Wow» aveva risposto Anita incuriosita.

E ora è sul balcone, in felpa e shorts, con le gambe arrossate, completamente immersa in questa passione proibita nella Sardegna del primo Novecento.

Quando chiude il libro le scendono due lacrime.

«Non doveva andare così» pensa. «I grandi amori non dovrebbero mai finire male.»

La nostalgia di Ste affiora prepotente.

Lui è proprio in Sardegna con i suoi, e finalmente lo può sentire tutti i giorni. Quando lei era in vacanza in Namibia (suo padre e Michela hanno la mania dei posti poco turistici, in mezzo al deserto), non c'era quasi mai il wi-fi. Bello, sì, ma una tortura se hai quattordici anni e un ragazzo in Italia.

Tra le dune, con lo sguardo rapito dal silenzio di un orizzonte infinito, si ritrovava a scrivere Ste facendo scivolare il dito sulla sabbia rossa, immaginando di perdersi in un suo bacio, e quasi le sembrava di sentire il suo abbraccio, il suo odore portato dal vento. La sera, fuori dal bungalow, la volta del cielo pareva un ombrello, le stelle toccavano terra, ma quella sensazione di pace e bellezza si apriva presto in una voragine di malinconia.

Quando facevano tappa in una città, in un hotel con Internet a disposizione 24 ore su 24, avrebbe voluto rimanere in camera tutto il giorno perché di visitare le città non le importava niente.

Suo padre evocava il buon senso con frasi inutili come: «Quando ci tornerai qui?!» o «Hai tutta la vita per parlare con Stefano». Come se non esistesse l'urgenza di appagare un desiderio. Michela cercava di mediare e alla fine Anita riusciva a rimanere un paio d'ore in camera, tutte spese in chat con Ste e Clara e Yuri.

Soprattutto Yuri, che non era in vacanza. Clara stava viaggiando in camper con i suoi nel centro Italia e quasi sempre erano dentro una chiesa o un museo in cui non si poteva parlare ad alta voce, così si messaggiavano soltanto. Ste era sempre impegnato in beach volley, immersioni o surf. Se rispondeva, e non sempre rispondeva, aveva fretta di andare da qualche parte.

E quando lei è rientrata, le cose non sono migliorate. Lui è ancora in vacanza; si sono visti in videochiamata un paio di volte ma velocemente.

«Ani, ho tanto sonno», «Ani, aspettano me per la partita», «Ani, è pronto in tavola sai come è mia madre», «Ani, dormivo e non ho sentito il telefono».

«Ti manco?» gli ha chiesto ieri sera.

«Certo che mi manchi.»

«Quando torni?»

«Te l'ho detto, sabato.»

«Ci vediamo la sera?»

«La sera no, ho promesso a Mattia che ci becchiamo sui Navigli. Domenica passo da te.»

Anita ha risposto ok, ma ci è rimasta malissimo.

25.

RHYNO

Il tono di Clara è perentorio: – Voglio cambiare scuola.

– Cosa???

Suo padre sbarra gli occhi. Fa le stesse smorfie nell'esprimere lo stupore, deve esserci qualcosa nel loro DNA che gli fa alzare le sopracciglia a quel modo.

– Non se ne parla! – dice tassativo. – Che storia è questa?

– A me piace disegnare, lo vedi anche tu, voglio andare al liceo artistico.

– Non dire scemenze, non volevi fare la veterinaria? Lo scientifico è perfetto per te. Sei anche bravissima.

– Lo dicevi anche tu in vacanza che ne sapevo più delle guide in storia dell'arte!

– Sì, ma quelle sono passioni, ti iscrivi a un corso la sera, informati.

– Ma io...

– Basta scemenze!

– Mamma è d'accordo...

– Cosa?

– Papà...

– Queste decisioni non le prende quella stronza di tua madre di certo. Ora mi sente...

Clara non vorrebbe più sentire quelle parole, lui che cambia voce e si slaccia il nodo della cravatta nervoso.

– Papà, smettila!

– Tu a me non dici di smettere, fila in camera tua.

Ma Clara non è più una bambina, e non fila da nessuna parte.

Prende il suo zainetto ed esce sbattendo la porta, deglutendo rabbia e delusione.

Sulle scale travolge Pietro che sta salendo con le borse della spesa, lei biascica delle scuse e si ritrova in strada verso casa di Anita.

Le sue vacanze sono state un incubo, un litigio continuo, ancora prima di partire.

Le cose sembravano migliorate tra i suoi, ma suo padre aveva insistito per il camper, "più intimo" aveva detto, senza considerare che una eccessiva vicinanza può squarciare una ferita anziché cicatrizzarla.

Sua madre aveva ceduto per sfinimento ma non faceva che lamentarsi del mal di schiena al risveglio, della scomodità che non si meritava dopo mesi di lavoro impegnativo in cui aveva accumulato tanta stanchezza. Avrebbe preferito qualche tappa in agriturismi in mezzo al verde, e spostamenti più comodi in auto nei piccoli borghi e nelle città d'arte.

Clara aveva apprezzato le visite alle chiese affrescate, nei piccoli chiostri silenziosi in cui anche la luce del sole penetrava tenue e rispettosa. Ma col passare dei giorni i suoi avevano smesso anche di litigare, di rivolgersi la parola; parlavano soltanto con lei, uno alla volta.

Dal suo lettino Clara avvertiva il loro nervosismo anche la notte, li percepiva con gli occhi aperti a farsi mille domande con risposte risentite, dandosi la schiena, inquieti e tristi.

L'ultimo giorno c'era stato un litigio violento, partito da una discussione assurda sul rifornimento di gasolio.

Si erano rinfacciati tante cose, pieni di livore reciproco, come se fino a qualche mese prima tutto fosse stato finzione. Si erano detti quelle cose orribili di fronte a lei, che a un certo punto era scoppiata a piangere gridando: «Smettetela! Smettetela!».

Allora sua madre l'aveva abbracciata scusandosi e giustificando suo padre, che era addirittura paonazzo e aveva cambiato voce, tono, sembrava un lontano cugino di se stesso.

Poi sua madre le aveva detto: «Facciamo una passeggiata io e te». E avevano camminato sul ciglio di un campo di girasoli altissimi, in fiore. Erano stupendi visti così da vicino e Clara si era ripromessa di dipingerli appena tornata nella sua stanza, che le mancava ogni giorno di più. Cercava di catturarne i dettagli fissando nella memoria la materialità delle foglie nervate, il punto di colore tra l'arancio e il marrone del disco centrale che a osservarlo da vicino le pareva difficilissimo da riprodurre, e il giallo dei petali, così gioioso. Capiva perché Van Gogh ne avesse dipinti così tanti, anche lei se avesse avuto un campo di girasoli di fronte a casa non avrebbe potuto fare altro che rispondere al richiamo di dipingerli; nel suo immaginario non pensava di rinchiuderli in un vaso, ma di riempire tele di colore come se li vedesse dall'alto, protesi verso la luce.

Sua madre l'aveva distolta dal suo fantasticare quando dai commenti sul paesaggio aveva improvvisamente pronunciato una frase crudele e definitiva: «Io e papà stiamo pensando di separarci».

Poi era rimasta in silenzio rovesciando su Clara la responsabilità di una reazione.

Clara era caduta. Non aveva emesso alcun suono, formulato alcun pensiero di risposta. Aveva soltanto perso le forze, assecondando un corpo che si era sentito inutile.

Poi le cose erano andate più o meno come in altre famiglie, solo che nella sua è stata sua madre ad aver lasciato casa proprio ieri per trasferirsi a Roma, più comoda per il suo lavoro.

Clara di andare a Roma non vuole saperne, non vuole sentirsi un'altra persona, in un'altra vita. Lei ha i nonni paterni vicini, lei ha Anita.

Ha già deciso che andrà a Roma solo per qualche fine settimana, magari con Anita. Sua madre le ha detto di prendersi un altro po' di tempo per pensarci, che può cambiare idea quando vuole, ma Clara non ha dubbi.

A Roma rimarrebbe comunque molto da sola, visti gli impegni lavorativi di sua mamma, mentre suo padre rientra ogni sera chiedendole cosa ha voglia di mangiare.

Non si aspettava una reazione così per il cambio scuola.

«Forse oggi è insopportabile perché mamma è partita davvero» pensa Clara, mentre è già sotto casa di Anita.

– Non sembra lui certe volte, dovevi vederlo, era viola!

– Che stronzo!

– L'avrà insultata al telefono, sono scappata per non sentire.

– Ma davvero vuoi andare all'artistico? E io? Come faccio io senza di te?

– Mica mi trasferisco! Ne ho parlato anche con mia madre e ha detto che sì, avrei dovuto pensarci l'anno scorso, ma che si può sbagliare e l'importante è rimediare prima possibile.

– Ma come fai con le materie?

– Mi sono informata, mi metto a studiare subito e do degli esami a novembre.

– Non so che dirti, però... Oh cavolo, come faccio senza di te?

Lo dice abbracciandola. Non stare più in due banchi che sembravano uno, avere a fianco qualcun altro con cui non potrà mai avere il rapporto che ha con lei.

– Ci verrei anche io all'artistico ma...

– No, ti prego, – sorride Clara – al primo disegno verresti espulsa.

Riescono sempre a ritrovare un po' di leggerezza quando stanno insieme.

Il telefono di Clara squilla, è suo padre. Non risponde.

– Forse è meglio che torni. Magari si è calmato.

– Poi scrivimi.

– Ok.

Clara fa le scale di casa lentamente, cercando di mettere ordine tra rabbia e pensieri.

Forse questa è la prima scelta della sua vita davvero sua. Per se stessa. È proprio la pancia a dirle che deve fare questa cosa per volersi bene.

L'artistico, e poi l'Accademia a Milano. E vivere tra i colori, le pennellate sulla tela.

Rientra fiduciosa dicendosi: «Se non capisce gli scrivo una lettera», come gli ha consigliato una prof una volta mentre parlavano di incomprensioni con i genitori.

«Scrivere una lettera dà il tempo ai vostri genitori di non rispondervi impulsivamente ma di riflettere sulle vostre parole e i vostri desideri.»

«Sì,» pensa Clara aprendo la porta «non dico niente adesso, vado in camera e gli scrivo.»

Ma non fa in tempo a entrare che suo padre le dà un ceffone, il primo della vita.

– Fila in camera tua, ho detto.

Clara non lo guarda nemmeno in faccia, si preme la mano sulla guancia e corre in bagno.

A vomitare ci mette un minuto.

Si sciacqua la bocca. Si guarda fissa nello specchio.

Stringe le mandibole. Fa un respiro profondo, come le ha insegnato Anita che fa gli esercizi di respirazione prima di entrare in acqua.

«Non piango, e vado all'artistico.»

Lui nel corridoio biascica delle scuse e dice: «Non so cosa mi ha preso». Lei si chiude a chiave in camera.

Nel caos del suo tavolone in legno che fa da scrivania, recuperatole dal nonno nella vecchia cantina di famiglia, prende un foglio nero e comincia a lavorare con i gessetti; il viola, il verde cupo, il bianco.

Ci lavora per circa un'ora mentre il telefono nello zaino raccoglie silenzioso chiamate e messaggi di sua madre che vuole sapere che è successo, di Anita che ha dei presentimenti che la inquietano e vuole essere rassicurata sul fatto che Ste sia ancora cotto di lei e che tutto andrà bene, anche se Clara non ha più voglia di assecondarla.

Mentre suo padre bussa un paio di volte per poi rinunciare.

Mentre la musica sembra entrarle nel sangue, percorrere le vene.

Quanto fa bene il rock quando il corpo, l'anima, i pensieri, sono un'unica tempesta.

Clara ha capito che ora suo padre ne farà un braccio di ferro con sua madre, che mandarla all'artistico diventerà una cosa loro, che lei sparirà dai loro pensieri mentre cercheranno di soffocare i suoi desideri con i propri.

«Fanculo tutti!» pensa Clara mentre si morde le labbra agitando la mano e premendo con rabbia i gessetti.

Quando sei in collera certi rinoceronti escono benissimo.

26.
BUGIE

Anita si solleva dal letto e infila la maglietta.

Ste la stringe a sé da dietro e affonda il viso tra i suoi capelli.

– Non andare.

– Devo.

– Dai…

– È tardi, i miei saranno già tornati.

– Digli che hai perso il treno.

– Quello delle sette l'ho già perso, non sono scemi.

Anita si china verso di lui, un bacio ancora, perché anche se è il quattrocentotredicesimo non sono mai abbastanza.

– Mi accompagni in stazione?

– Mmm... devo fare la doccia... ok?

– Ok... Sicuro che mi ami?

– Giuro!

Anita si infila le sneakers azzurre e dice ciao.

Ste non si alza nemmeno per accompagnarla alla porta.

«Tanto sai la strada» pensa lui.

«Tanto so la strada» pensa lei.

Da quando è tornato dalle vacanze, Anita oscilla tra i "vabbè" e i "non fa niente"; la gioia di stare con lui svanisce appena si salutano per lasciare posto a un malessere che non la abbandona fino a che non è di nuovo tra le sue braccia.

Gli allenamenti non sono ancora ripresi, e nemmeno la scuola. Così non sa mai quando lo rivedrà, spesso lui dorme da questo amico sui Navigli, ma i suoi non la lasciano andare di sera a Milano, figuriamoci dormire fuori. Ci ha provato a chiederlo, ma Michela le ha fatto un discorso noiosissimo sulle tappe dell'adolescenza e dopo un minuto si era già pentita di averlo chiesto.

Inutile provarci con suo padre, sono sempre disgustosamente d'accordo su tutto.

Ha chiesto a Clara di coprirla con una bugia, ma l'ha trovata irremovibile.

«Abitiamo troppo vicine per dirgli che dormi da me. Se poi Michela passa di qui?»

«Ma figurati!» ha insistito lei.

«E se parla con mio padre?»

«Ma se non si parlano mai!»

«Ma se succede? Se mia madre ora le telefonasse da Roma per chiedere di me, sai come sono le mamme a volte, diventano amiche solo se gli fa comodo.»

«Ti prego...»

«Non-voglio-dire-una-bugia.»

«Tutti dicono bugie ai genitori!»

«Be', io no, ok? Io li mando affanculo ma dico la verità.»

«Bell'amica che sei!»

La conversazione si è chiusa con un: «Non mi dispiace nemmeno che cambi scuola».

A volte, se ci sentiamo ferite, diciamo cose che non pensiamo, solo perché ci sembra che ferire ci farà sentire più forti e stare meno male.

Anita era furiosa. La purezza di Clara, la sua trasparenza, la sua sincerità le parevano ora nauseanti e assurde. Ma in verità l'idea di non avere più Clara vicina di banco la rendeva tristissima e le veniva da piangere.

Come sarebbe stato scendere dal treno e salutarsi e non poter più fare insieme i compiti o prepararsi per le verifiche in quei pomeriggi a casa di una o dell'altra, non sedersi più sotto la finestra del corridoio, a ricreazione, mangiando pizzette e guardando video su TikTok.

Si è chiesta il perché di quella cattiveria e dopo un'ora è passata da Clara per fare la pace.

«Chi mi capiterà vicino?» le ha chiesto.

«Mettiti in primo banco, così sei sicura che Marzia e Vera ti staranno lontane.»

«L'unica cosa buona è che non dovrai più subirti le loro angherie.»

«Se la prenderanno con qualcun'altra.»

«Con chi secondo te?»

Hanno iniziato a fare supposizioni, senza sapere che anche Marzia, dopo aver invano cercato di recuperare i tre debiti, si è iscritta in una scuola privata.

E poi come sempre hanno finito per parlare di Ste.

Anche ora stanno parlando di Ste.

Dal treno Anita ha scritto a Clara: Ti devo parlare. E ora sono divise soltanto da Blu, distesa tra loro sul divano, semi dormiente.

Clara non ha dubbi: – Secondo me quando un ragazzo non risponde più ai messaggi istantaneamente e non te ne manda in continuazione come faceva prima, quando è meraviglioso solo se dovete passare il pomeriggio a limonare... scusa ma dovresti fare due più due.

– Ma lui mi ha giurato che non c'è nessuna.

– Guarda che solo i bugiardi giurano.

– E chi l'ha detto?

– L'ho letto da qualche parte.

– Ah.

27.

SPECCHIO

– Secondo te?

Yuri non sa che dire, non vorrebbe proprio farla stare male.

Le vuole bene, è la sua migliore amica dalla prima media.

È lei che lo ha incoraggiato a conquistare Zoe, la sua prima ragazza, quando la timidezza lo inibiva e scriveva poesie per lei sul diario, pensando che non avrebbe mai trovato il coraggio di leggergliele.

Anita è l'unica persona a cui racconta tutto, anche se non è sicuro che lei gli racconti ancora tutto di sé, lo sa che tra ragazze, come con Clara, è diverso.

Quando Anita si è messa con Ste era anche un po' geloso, senza motivo.

O forse un motivo c'è sempre, ma è faticoso decifrare ogni cosa, richiede energie, pazienza, tempo.

Sapere che Ste la fa soffrire glielo fa odiare.

Non dirle ciò che sa gli fa odiare se stesso.

A volte è davvero difficile sapere qual è la cosa giusta da fare.

– Che ne so Ani... – tergiversa, anche se lui l'ha capito che Ste l'ha tradita.

Lo ha capito dalle mezze battute, da certe allusioni.

E dal fatto che quando Filo ha detto: «E dillo che al mare ti sei divertito!», Ste ha guardato diritto Yuri negli occhi. Ha guardato lui, d'istinto, come se fosse lo specchio di Anita.

Poi ha risposto a Filo: «Non rompete i coglioni».

«Tranquillo, nessuno dice niente alla cocca...»

E Filo si è messo a ghignare come fa lui, muovendo la testa in avanti come se quella scemenza fosse la battuta più divertente del mondo.

Yuri adora la pallanuoto, passerebbe la vita in acqua e giocare è la cosa che lo diverte di più in assoluto, ma Filo gli sta sempre più antipatico, soprattutto da quando ha aperto una chat di soli maschi, per escludere Anita dalla chat di squadra. L'ha chiamata

"*Campioni*", ma ci mette più che altro foto di ragazze che trova online e anche qualche video porno. Qualche meme è divertente, ma quelli li mette anche nella chat ufficiale, ed è solo lì che Yuri vorrebbe stare.

Lì e in acqua.

– Ma tu sei un maschio e certe cose le capisci – insiste Anita.

– Magari a stare lontani le cose cambiano... sei stata in Namibia un sacco... che ne so!

– Ma anche tu e Zoe siete stati lontani ad agosto.

– Ma io ero a casa e lei ha fatto solo una settimana in montagna con i suoi.

– Allora mi stai dando ragione...

– Ma no, sei tu che mi fai cercare spiegazioni... a non so che.

– Allora dici che sono io che vado troppo in ansia?

– Non ho detto questo...

– Ah, vedi!?

– Vedi cosa? Non ho detto niente!

– Guarda che io non sono scema, so fare due più due.

28.
TACCHI

Aprire gli occhi certe domeniche mattina è davvero devastante.

La luce filtra aggressiva dalle finestre, la testa sembra una palla di piombo e il corpo non risponde ai comandi.

Hanno bevuto più del solito ieri sera, prima le birre con le pizze, poi solo birre, e poi Kenan ha tirato fuori del whisky che suo padre tiene in una vetrinetta d'epoca.

«E mi raccomando non toccare lì dentro» gli dice sempre prima di partire per i suoi weekend dedicati al golf e lasciare la casa libera.

Troppe birre per Kenan ieri sera per ricordarsi di essere obbediente.

Erano in dieci, qualcuno se ne è andato, gli altri si sono ritrovati in breve tramortiti.

Ste solleva il braccio, e si scosta dalla ragazza che gli dorme addosso.

«E questa?» si chiede.

Ai suoi piedi, rannicchiato, dorme un tipo di cui non si ricorda il nome, un ricciolino che ieri sera li ha fatti crepare dal ridere con dei video su TikTok di un tizio che fa degli scherzi assurdi a sua madre.

Il suo pensiero va ad Anita.

Cerca a tentoni il cellulare sul tappeto.

Ci sono dodici suoi messaggi e una chiamata.

«Cazzo» pensa.

È mezzogiorno.

– Ciao, bello! – Kenan sembra essere sveglio da un po'.

– Ciao... – mormora Ste a fatica.

– Ci siamo rovinati ieri sera, eh? Mio padre mi ucciderà, ci siamo fatti quasi tutta la bottiglia di quella roba.

– Sono devastato.

– C'è del caffè.

– No... vado a casa, devo andare dalla mia ragazza.

– Oh… non pensavo…

Kenan lancia un'occhiata alla tipa che dorme ancora profondamente.

– Si chiama Gaia? – chiede Ste un po' in imbarazzo.

– No, Greta.

– È stata lei a cominciare…

– Sì, è una facile…

– Ok…

Ste lo sa che non esistono ragazze facili, ma è troppo stordito per dare lezioni di genere.

– Tra due settimane i miei vanno a farsi un altro weekend, in Scozia credo, facciamo festa?

– Ok… Sì… Ci sentiamo. Ora vado.

Con fatica Ste si stiracchia, ci mette un po' a trovare le scarpe, qualcuno deve averle lanciate in giro la sera prima.

Appena sceso in strada chiama Anita.

– Ehi! Stai bene?

– Sì, scusa… non ho messo in carica il telefono ieri sera.

– Dove sei?

– Sto andando in Centrale adesso, vengo direttamente da te ok?

Anita sospira. Non è così che si vorrebbe sentire.

– Che hai fatto?

– Serata alcolica, poi ti dico.

– Chi c'era?

– Un po' di gente… poi ti dico. Tu che hai fatto?

– Sono andata al compleanno dell'amica di Clara, te l'ho detto.

– Ah, giusto! Figo?

– Sì, ho ballato un sacco. Coi tacchi.

– Come coi tacchi?

– Ci siamo messe in tiro.

– Perché in tiro?

– Per divertirci… la sua amica ci ha anche truccate. Poi ti mostro i selfie. Per strada degli idioti ci hanno anche fischiato e Clara si è girata abbaiando, così ho abbaiato anche io e quelli l'hanno capita.

Ste sta zitto.

– Ehi, ci sei?

– E com'eri vestita?

– Con la minigonna di jeans che ti piace.

– Ci vediamo dopo dai, sennò mi si scarica di nuovo.

Ste chiude e scende le scale della metropolitana nervoso.

In testa un *tam tam* di pensieri. Perché si è messa in tiro per uscire senza di lui? Truccata… E i tacchi poi… Non l'ha mai vista con i tacchi.

«Mi sta sul cazzo quell'amica.»

29.

DUE PIÙ DUE

– Chi è Greta?

– Che fai, mi guardi il telefono adesso?

– Non l'ho toccato, ho visto la notifica, c'era scritto *Greta* e c'era scritto Sei scappato e un cuoricino, e poi non so che altro perché non l'ho aperto.

– Così mi controlli le notifiche…

– Non controllo niente, sei andato in cucina a bere dell'acqua, ho visto arrivare la notifica e ci ho buttato l'occhio, tutto qui.

– Che occhio sveglio, cazzo!

– Ma che hai? Prima mi fai tutte quelle storie perché mi sono messa in tiro per una festa e adesso questa tipa ti manda un cuoricino e il problema sono io che ho visto la notifica?

– Non è nessuna, è una tipa che c'era ieri sera, un'amica di Kenan... Cheppalle!

– Scusa e "Sei scappato" cosa vuol dire?

– Appunto, che sono andato via e manco l'ho salutata perché non me ne frega niente, ok?!

– Ma ha dormito lì anche lei?

– Ma che ne so... forse sì, non me ne frega niente ho detto, basta...

– Ok... Scusa, è che un cuoricino è un cuoricino.

– Lo sai che ci sono certe tipe così. Manco mi ricordavo di averle dato il mio numero. Dai, accendi la tele che cominciamo una serie.

Anita allunga il braccio, ma il telecomando non c'è. Eppure era certa fosse rimasto sul divano quando suo padre si è alzato per uscire. Papà e Michela hanno approfittato del bel tempo per fare un giro in moto. Lei è appassionata di motociclette, si è comprata una Triumph anche se papà non voleva, e infatti Anita si diverte a vederli partire con lui dietro che si tiene stretto e rimane rigido come un pinguino e forse non si scioglierà mai.

– Ma dove è finito?

Si alza, fruga nel caos di riviste accanto alla tele, cerca a terra sotto il divano. Niente. Sparito.

Poi guarda Blu, che sonnecchia sul bracciolo, accanto a Ste.

Infila la mano lentamente sotto il suo ventre ma niente, non è nemmeno lì.

Allora capisce. Con la sua zampetta deve averlo scostato e fatto cadere tra i cuscini per farsi posto e stare comoda.

– Trovato!

Anita passa il telecomando a Ste. – Fai tu.

– Prima ti faccio sentire una band su YouTube, mitica – risponde lui.

Mentre cerca di sintonizzarsi, il suo telefono si illumina nuovamente, vibrando.

Gli dà un'occhiata rapida, lo prende e senza aprire il messaggio lo mette in tasca.

– Perché non lo leggi?

– Perché voglio farti vedere questo gruppo irlandese che è una forza.

Anita è nervosa. Sta facendo due più due, non vuole fare la figura della stupida ma nemmeno di quella gelosa come certe persone paranoiche. Ha appena litigato con Ste per la storia dei tacchi, gli ha fatto un discorso sensato sull'assurdità della gelosia quando si sta insieme, e adesso non si vuole contraddire.

Però la sua pancia le dice che qualcosa le sfugge, e Clara sostiene che la pancia ha quasi sempre ragione.

– Ci metti un secondo a vedere il messaggio.

– Dai... Eccoli qui... ascolta che roba il batterista.

Ad Anita non importa niente di quella band, non le importa niente di quel batterista.

Una scarica elettrica le percorre le braccia.

«Perché non lo vuole leggere?» si chiede.

– Mi fai pensare male se non lo leggi.

Ste scatta. Blu vola dal divano ed è già nel corridoio.

Anita ha il cuore in gola. Non lo ha mai visto così. Anzi sì. Aveva quella faccia quando aveva sbottato per la storia del selfie e di Filo.

Ma sono passati mesi e se lo era dimenticato.

Ora invece eccola lì quella faccia diversa, quel modo di fare che gli fa perdere la dolcezza dei lineamenti, gli abbassa di un tono la voce che quasi non sembra lui, che la fa sentire improvvisamente fragile come un vaso che potrebbe andare in mille pezzi.

– Ma perché devi rompere i coglioni!

– Ehi, stai parlando con me, non sei nello spogliatoio!

Si sente in pericolo Anita, ma non sta zitta, non può parlarle così.

– Fammi vedere quel messaggio! – dice decisa.

Ora è come se tutta la sua insicurezza si fosse tramutata in uno scudo metallico pronto ad attutire qualsiasi colpo. È una guerriera adesso, sul campo di battaglia.

Ste si infila la mano in tasca, sta per aprire il messaggio.

Lei lo fissa con attenzione, vuole leggergli l'espressione del volto.

Ste è più nervoso di lei. Quella Greta gli ha inviato una foto mentre gli manda un bacio con la bocca a cuore.

Senza guardare Anita, fa l'unica cosa che gli viene in mente. La più stupida, perché a volte è così che reagiamo se non abbiamo il tempo di pensare, se abbiamo paura che tutte le nostre verità vengano a galla, smascherate in un battito di ciglia. Non è stupida Anita, e lui si sente perduto di fronte al suo sguardo severo. Così fa e dice la cosa più idiota. – Cazzo, si è cancellato… Cioè, l'ho cancellato per sbaglio penso… mi hai messo agitazione e l'ho cancellato invece di aprirlo.

Anita si alza dal divano. Due più due, dice Clara. Perché la verità a volte sta nelle cose semplici.

– Vaffanculo, Ste! Vaffanculo!

Lui si avvicina, cerca di prenderle la mano per trascinarla a sé, ma Anita si allontana.

– Fuori dalle palle, bugiardo! – grida. – E non mi chiamare più!

– Calmati!

– E non mi dire di calmarmi! Fuori!

Blu si rifugia sotto il tavolo della cucina, tra le gambe delle sedie, quasi mimetizzata con il tappeto grigio.

Ste esce dicendo: – Ti chiamo dopo – ma Anita sa che non gli risponderà.

Chiude la porta e ci rimane un momento appoggiata contro di spalle, il respiro affannato.

– Blu, dove sei?

Blu risponde con un miagolio.

Anita la raggiunge, la prende tra le braccia e affonda il volto nel pelo morbido.

Detesta quella cucina grigia, con le ante grigie, il piano cottura grigio, un tavolo grigio, sedie grigie. Quando era piccola la cucina era turchese, il colore preferito di sua madre, che rispondeva “Voglio iniziare la giornata pensando al mare” a chi si stupiva di un colore così insolito. Anita pensa che quando avrà una casa sua vorrà una cucina turchese.

Adesso vuole solo stringersi a Blu. E piangere.

30.

MATITA

– Ferma! non muoverti!

A Clara viene da ridere, non riesce a stare seria di fronte a Elton, il suo compagno di banco in laboratorio artistico.

Lo chiamano così perché indossa giacche colorate che trova nei mercatini dell'usato e occhiali eccentrici in stile Elton John.

In disegno dal vero è il migliore della classe e oggi Clara si sta sforzando di essere una buona modella.

Ma lui disegnando fa delle smorfie davvero buffe e le è difficile mantenere l'espressione triste che Elton le ha chiesto.

– Sei Maria Maddalena, capisci?! – le dice pregandola di assumere l'aria sofferta di una donna forte ma disperata.

– Ma io ho i capelli corti – ribatte lei, sapendo di dire una sciocchezza e fiera di richiamare nei suoi tratti una figura così anticonformista per il suo tempo. «Se solo Elton si togliesse quegli occhiali coi cuoricini, mi sarebbe più facile rimanere seria» pensa.

Elton non le risponde nemmeno, intento a ritrarla in uno stato di isolamento che sembra dare spazio solo all'essenziale.

– Finito – dice dopo un po' con fare compiaciuto.

Clara si alza e si siede sulle sue ginocchia con aria scettica, non si aspetta niente di che.

Invece.

Invece trattiene un sussulto, esterrefatta.

Quella sul foglio somiglia alla ragazza che lei incontra ogni mattina nello specchio: più grande, ha un che di arcano e uno sguardo penetrante.

– Sono io…? –. Non si capisce bene se è una domanda, ma Elton risponde comunque.

– Certo che sei tu, se solo non ti vestissi come una scolaretta… –. Le sfila il foglio dalle mani e lo porta alla cattedra.

La prof alza gli occhi dal registro e annuisce.

– Bravo… bravo, Sacchi. Proprio bravo!

Ma Elton è già tornato al suo posto.

– Mi piacerebbe tenerlo – dice Clara. – È bellissimo.

– Chiedi alla prof. Ma la prossima volta che sorridi cambio compagna.

Si posiziona dritto sulla sedia, toglie gli occhiali e dice: – Ora tocca a te.

– Non sono brava come te, io...

– Disegna.

– Ok, è solo che...

– Disegna. Dimentica tutto e disegna.

– Ok.

Lo fissa negli occhi, guarda il foglio, poi posa lo sguardo ancora su di lui. La punta della matita tentenna a un millimetro dalla carta bianca.

«Sagoma e dettagli» pensa. Elton ha il naso all'insù, gli occhi vicini tra loro, le sopracciglia folte. Le orecchie leggermente a sventola, i capelli quasi a spazzola. Un giullare tatuato sul collo.

Clara fa un respiro e inizia con un tratto lieve da quelle mascelle larghe, e prova ad abbozzare quel volto spigoloso.

Sente le mani sudare, come all'esame di terza media. Questo non è un esame, eppure lui ha un'espressione diversa da quando parlano, come se per magia la stesse portando da qualche altra parte.

31.

ANSIA

– Cavolo, sei bellissima! – dice Anita.

– E dovresti vedere l'originale. La prof me lo darà solo a fine anno, per ora mi ha lasciato scannerizzarlo.

– Be', è bellissimo lo stesso. Sembri più grande.

– Sì, è vero. Appena l'ho visto mi ha fatto un po' impressione.

– È proprio bravo questo tipo…

– In classe come va?

– Solito, è cambiata la prof di ginnastica, è arrivata una pazza che ci fa fare venti giri della palestra di corsa prima di cominciare qualsiasi cosa. Io sono allenata ma correre non mi piace, e figurati le altre… certe scene…

– Vera?

– Vera è strana, non sembra nemmeno lei, oggi offriva gomme a tutti durante la ricreazione.

– Wow!

– Ma lei e Marzia si sentono ancora?

– Penso di sì, ha detto che è al Manzoni, poveri loro.

– Mi manchi un casino.

– Anche tu mi manchi.

Si abbracciano, sprofondando l'una nell'altra.

– E poi il mio nuovo vicino puzza, – dice Anita – non si cambia mai la felpa.

– Bleah! Vai all'allenamento stasera?

– Non so, Ste mi fa passare anche la voglia di allenarmi. Mi guarda male, poi mi chiede di parlare, io gli dico di no e mi ci manda... Tutto così.

– Quanti messaggi ti ha mandato oggi?

– Boh, penso cento, come al solito.

– Cento messaggi in un giorno è una cosa da fuori di testa.

– Sì, è una cosa da stalker, non lo sopporto più.

– Devi dirlo a Michela.

– Ma no... Ho chiesto a Yuri di aiutarmi, ma non è che loro si siano mai filati. A Ste dava anche fastidio che fossimo tanto amici prima, figurati adesso che in piscina sto praticamente solo con Yuri.

– Cavolo.

– Speriamo che smetta. Ormai è un mese.

– Che poi a fare lo stronzo è stato lui.

– Appunto. Che vuole? Non è che basta ammettere di aver tradito per farsi perdonare.

– Non è obbligatorio perdonare, non sta scritto da nessuna parte.

– Appunto!

Il telefono di Anita si illumina un istante.

– È lui?

– Che ansia! Ho anche dovuto togliere la vibrazione... ora comincerà a chiedere perché non rispondo, vedrai.

– Dai, metti il telefono nello zaino e siediti che ti faccio un ritratto.

– Un ritratto? A me? Sono orrenda!

– Non sei orrenda e io mi devo esercitare.

– E che devo fare?

– Niente. Resti sul letto, immobile, però, e fai una faccia seria.

– Mi viene naturale in questo periodo. Che ansia!

32.
COSÌ

– A dopo! – dice Michela.

– Ciao – risponde Anita scendendo dall'auto con il borsone tra le mani.

Hanno fatto il tragitto in silenzio, lasciando alla musica il compito di tenere loro compagnia. Qualche giorno fa Anita ha comunicato durante la cena di aver lasciato Ste precisando un "Non voglio parlarne" che non ha dato molto spazio né a suo padre né a Michela.

Lei, dopo un paio di vani tentativi di farsi raccontare qualcosa, ha deciso di aspettare che Anita stia meglio e abbia voglia di parlare.

Ste la sta aspettando all'ingresso della piscina, da solo, dietro i cespugli che costeggiano l'edificio.

Anita si spaventa quando se lo trova davanti all'improvviso.

– Ma sei scemo?!

– Ti devo parlare.

– Facciamo tardi.

– Un minuto, Ani, un minuto.

– Dai, che Giò poi ci fa fare venti piegamenti in più.

– Torniamo insieme, Ani, o io mi ammazzo.

– E ammazzati – risponde lei, scostandosi per entrare.

Ste la prende per un braccio e la trascina giù dagli scalini. – Non mi puoi trattare così.

Ha di nuovo quello sguardo, quello brutto, quello che non sembra nemmeno lui.

Anita approfitta del fatto che sia arrivato anche Tappo, in ritardo come al solito.

Sale le scale di corsa e Ste la segue fino agli ingressi degli spogliatoi.

Prima di entrare in quello dei maschi le dice: – Te la sei cercata, ora mi incazzo davvero.

Anita non si gira nemmeno, ma ha sentito benissimo.

L'allenamento è duro, Giò è severo e lei non sopporta di sentirsi dire "forza!" in continuazione.

– Tutto a posto? – le chiede Yuri avvicinandosi.

– Lasciami stare – gli risponde in malo modo. Perché a volte siamo così, trattiamo male le persone che amiamo quando non possiamo sfogarci con chi se lo meriterebbe.

Alla fine chiede a Giò di poter rimanere un po' a nuotare. – Solo due vasche, Giò, poi esco –. Ha bisogno di stare sola, ha bisogno di perdersi sott'acqua, di far respirare i pensieri.

Lui fa un gesto con la mano come a dire "fai quel che ti pare" e lei rimane sola, in quell'improvviso silenzio a cui giunge solo l'eco del caos negli spogliatoi.

In quel momento Blu si sta godendo la casa vuota. È impegnata nella meticolosa distruzione del bordo laterale del divano con le sue unghie affilate. Non sa che sulla sua adorabile Anita si sta per abbattere un cataclisma.

Perché la vita è così, anche se non fai del male a nessuno le persone possono farne a te. E tanto.

Mentre le sue unghie affondano nel velluto, Anita trattiene il respiro e nuota veloce nell'acqua. Tutto appare immutabile lì sotto. Conosce a memoria quell'ambiente turchese, le screpolature delle piastrelle grandi sul fondo, i bordi blu con le mattonelle a mosaico, gli intervalli dei distanziatori colorati, bianchi e rossi.

L'apnea richiede autocontrollo e calma, molta calma. Il suo corpo teso invece oggi trascina con sé la sua mente, la offusca anziché liberarla dai pensieri, e improvvisamente le manca l'aria.

La sua testa riappare in superficie.

Batte un pugno sull'acqua, indispettita.

«Ora mi incazzo davvero.»

Anita non ha ben capito che voleva dire quella frase a cui ha risposto con un vaffanculo, sa solo che le ha messo addosso una paura tremenda.

È orribile avere paura e non sapere nemmeno di cosa.

Si sentono cose brutte alla Tv, fidanzati che uccidono le loro ragazze, cose del genere. Ste non lo farebbe mai, è sicura, però quelle cose le girano in testa, vanno e vengono mentre si sente quasi stupida a pensarle.

Forse è colpa di Clara che esagera, che insiste a dirle che dovrebbe parlare con suo padre o con Michela di tutti i messaggi di Ste, perché non è normale che la ossessioni così.

Quando sale in auto, Michela le porge un panino.
– Ci ho messo le verdure grigliate.

– Non ho fame.

– Come non hai fame? Ani, che c'è? Non sei più tu.

– Dai, parti!

Michela mette in moto, e fa partire gli U2, la band della sua gioventù.

Le torna in mente la fine del suo primo amore, quando era poco più grande di Anita. Una tenerezza struggente la assale pensando a quanto aveva pianto per quel ragazzo conosciuto al mare che non avrebbe più rivisto, perché allora non c'era Internet, non c'erano i telefonini, e lui viveva in Canada, una massa verde sull'atlante geografico.

Si gira verso Anita che si sta mangiando le unghie con lo sguardo chino sulle ginocchia.

– Ani, ma ti mangi anche le unghie adesso?

Frase sbagliata. Lo intuisce quando l'ha già pronunciata.

– Saranno cazzi miei! – le risponde Anita, che mai si era permessa di parlarle a quel modo.

Michela spegne la musica e un silenzio pesantissimo le accompagna fino a casa.

Si chiede perché Anita stia sempre peggio, anche se lasciare Ste è stata una decisione sua. Che le abbia mentito per non parlarne? E come fare a penetrare quel muro invisibile che Ani ha eretto anche con lei?

Come aiutarla, come farle aprire il cuore?

Non si dà pace, la ama come se l'avesse messa al mondo.

Perché l'amore è così, sfugge alle categorie con cui gli umani si ostinano a etichettarlo.

33.

RABBIA

«Sono una merda» si dice Ste camminando verso casa.

È l'unico della squadra che abita vicino alla piscina e non deve farsi accompagnare per gli allenamenti, ci va a piedi.

«Sono una merda.» Se lo ripete ogni tre passi. Ha fatto ciò che ha fatto. Non si torna indietro.

Avanza a testa bassa sbilanciato da un lato, perché il borsone pesa sulla spalla.

Prende a calci una lattina abbandonata sul ciglio della strada, impreca contro un tale che lo sfiora in motocicletta.

La via è poco illuminata e sì, dovrebbe camminare dall'altro lato, andando incontro ai veicoli invece di dare le spalle.

Eppure anche attraversare la strada gli sembra faticoso.

«Sono un coglione» pensa.

Eppure solo mezz'ora prima si era sentito così astuto nel punire Anita per come lo aveva trattato.

Aveva rimuginato e meditato quel pensiero per giorni, dicendosi che non lo avrebbe mai fatto, accontentandosi di immaginare la disperazione che l'avrebbe travolta.

Però prima, davanti agli scalini della piscina, lei non solo si era ritratta, distante come non l'aveva mai sentita, ma lo aveva mandato affanculo, scostante, lontana da lui, lontana da ogni possibilità di tornare insieme.

«Vedrai che le passa,» gli aveva detto Filo un mese prima «passa a tutte.»

Invece Anita non ne voleva sapere di farsela passare, non gli aveva perdonato il tradimento e gli aveva sbattuto in faccia un gigantesco NO.

Un no che lo aveva fatto sentire impotente e gonfio di rabbia.

Così, a fine allenamento, l'aveva fatto.

Aveva condiviso nella chat *Campioni* il video di Anita senza reggiseno, con il braccio che copriva i capezzoli e il suo sorriso timido e gli occhi grandi che lo guardavano intimorita e innamorata.

Quanto se lo era guardato quel video quando lei gli mancava.

Non lo aveva mai mostrato a nessuno fino a quel momento, geloso che qualcuno potesse posare gli occhi su quella bellissima ragazza che sentiva tutta sua.

Era fiero di sentirla solo per sé, e ora l'aveva data in pasto al mondo.

L'aveva data in pasto a tutti e non si sentiva nemmeno bene.

La sensazione di onnipotenza che aveva provato in quei pochi secondi di assurda vendetta era svanita presto di fronte alle risatine, gli "wow!", le battute. A Tappo che leccava il telefono.

«Cancellatelo per favore» aveva detto, ma loro si erano fatti una risata.

Solo Yuri li pregava insieme a lui, dandogli del coglione.

Filo non la smetteva di sbeffeggiare Anita, camminando avanti e indietro tra le panche, con il braccio a coprirsi il petto e dicendo: «Come sono timida, sono una zoccoletta timida».

Ste lo aveva inseguito, era scivolato, e tutti giù a ridere ancora di più.

«Ho fatto una cazzata» continuava a ripetere e a ripetersi agitato mentre si rivestiva.

Ma non era una cazzata quella che aveva fatto, era molto, molto di più, e passo dopo passo, ora, nel buio di una strada di periferia, le cose gli appaiono per quello che sono.

«Le ho rovinato la vita» pensa.

E poco cambia se non voleva farlo per davvero.

34.

AMICIZIA

Yuri non sa che fare. Deve dirglielo, non può non dirglielo, ma come si fa a dire una cosa così?

Quando era uscito dallo spogliatoio Anita era ancora in acqua, ma lui pensava fosse già andata. Non poteva immaginare che stesse ancora nuotando a luci abbassate.

Ora è seduto a tavola, ingurgita i soliti due etti di pasta al pomodoro post fatica, col telefono in mano, scrivendo messaggi ad Anita che cancella anziché inviare e supplicando i compagni nella chat *Campioni* di smetterla con i commenti.

A un certo punto esce la notifica che Ste ha abbandonato il gruppo.

– Non puoi mangiare senza il telefono in mano? – lo rimprovera il padre.

– È successo un casino.

– Che è successo?

– Lasciamo perdere!

– E questo casino non può aspettare cinque minuti, così ti mangi la pasta con calma e mi racconti qualcosa? Non parliamo mai.

– Papà dai, non ora, non puoi capire.

– Non dirmi che non posso capire perché credimi, ce la posso fare.

Il tono è risentito, e non è proprio quello di cui Yuri ha bisogno.

Non sempre i genitori fanno "la cosa giusta", non hanno dei super poteri, sono essere umani.

Così Yuri si alza lasciando la pasta nel piatto e si chiude in camera, agitato, arrabbiato, confuso.

Suo padre dalla cucina brontola ma non gli importa di decifrarne le parole, tanto lo sa, sono sempre le solite.

«Dirle qualcosa adesso non la farebbe dormire» pensa.

Si alzerà presto e aspetterà Anita sotto casa, il mattino dopo.

Gli sembra la cosa più giusta.

Non può scoprire una cosa simile da sola, senza di lui o Clara vicino.

Quando si è piccoli non ci si sente soli, i genitori sono sempre lì per te, per disinfettare le sbucciature sulle ginocchia e quelle dell'anima.

Ma poi, a un certo punto, senza nemmeno poter stabilire quale, non sono più loro a poterti confortare. Non quanto vorresti, non come vorresti.

Arriva un momento in cui se stai male sono gli amici e le amiche che ti mancano, è di loro che vuoi prenderti cura ed è a loro che chiedi di prendersi cura di te.

E lentamente scopri che l'amicizia è un dono prezioso, è una forma di amore a cui non potrai rinunciare mai.

Un vero amico. Così si sente Yuri per Anita. Così vuole essere.

La proteggerà da questa brutta storia, non sa bene come, ma lui l'aiuterà.

35.

PIOGGIA

– Ti porto io, diluvia!

– No, Miki, mi piace la pioggia, lo sai!

– Sì, ma oggi fa freddo, non senti che umido c'è?

– Ani, un po' di buon senso, fatti accompagnare – grida suo padre dal bagno dove si sta facendo la barba. – Se ti ammali, poi perdi scuola!

– Ok... allora scrivo a Clara che passiamo a prenderla.

– Perfetto – dice Michela. – Finisco il caffè e partiamo. Ti sei messa una canottiera?

– Sì, l'ho messa... – risponde mentre pensa: «Figurati!».

L'autunno comincia a fine settembre ma si capisce davvero che l'estate è finita quando iniziano le giornate di pioggia ininterrotta, di una pioggia che rende grigia ogni cosa, non solo il cielo. Una patina ricopre le case, le strade, gli occhi. E un po' anche i cuori. Quello di Anita sicuramente.

Non vede l'ora di stringere la mano di Clara appena salirà in auto, si sente ancora addosso la minaccia di Ste e ha fatto dei sogni orribili.

Quando scende, Yuri la sta aspettando davanti al cancello, cosa che è accaduta soltanto due volte prima d'ora, quando aveva dato il suo primo appuntamento a Zoe e voleva dei consigli preziosi e quando avevano iniziato la prima superiore e avrebbero preso il treno da soli per la prima volta.

E Yuri abita di fronte alla stazione dei treni.

– Che ci fai qui? – gli chiede Anita.

– Devo... parlarti.

– Dai, sali che passiamo a prendere Clara, ci porta Miki in stazione.

– Ok.

Il piano è saltato.

Si è preso tutta quell'acqua, e lui odia la pioggia, per nulla.

Michela non lo vede da quasi un anno. – Come sei cresciuto, Yuri! – esclama.

Clara sale con un tubo di plastica e due zaini, Yuri si stringe per fare spazio a tutto.

– Scusate, oggi iniziamo con i colori a olio.

– Ani mi ha detto che ti piace l'artistico.

– Sì, Miki, è la mia scuola. Mio padre ha ancora il muso, ma adesso non mi pesa più alzarmi, starei lì anche di pomeriggio.

– Wow! Questa è una grande cosa!

Yuri tiene la testa bassa.

– Zoe? – gli sussurra Anita pensando che Zoe lo abbia mollato.

Lui scuote la testa, e si chiede come farà a salire sul treno senza aver detto ad Anita del video.

In treno ci sarà Ste, e anche un altro paio di amici della squadra.

Sempre che il video non sia già uscito dalla chat e... non ci vuole nemmeno pensare.

Spera solo che Ste non sia salito nei vagoni centrali del treno come fa di solito.

Spera che sia salito sull'ultimo vagone, che abbia perso il treno, che ci sia finito sotto. Lo odia.

36.
VOMITO

– Allora, che succede? – domanda Anita appena saliti sul treno.

– Niente...

– Come niente? Sei venuto sotto casa col diluvio, che hai?

– Ti devo parlare da solo.

– Tranquillo... Clara sa tenere un segreto.

Parlano sottovoce, mentre Clara si messaggia con Elton. Ha un sorriso stampato sul volto da quando si è seduta e ha iniziato a chattare. Capita di avere un sorriso ebete quando sembra di essere altrove, perché questo è l'effetto di certi messaggi che mettono in subbuglio il cuore.

– Potresti entrare un'ora dopo?

– Ma sei matto? Che c'è?

– Dai, entriamo alle nove, diciamo che abbiamo perso il treno.

– Mi fai preoccupare… che hai fatto?

– Niente, io niente. Dai cazzo, piove, tanta gente arriva in ritardo se piove.

Anita è confusa, non ha mai bigiato, non sa che dire. Yuri però è così agitato che si sente in dovere di aiutarlo. «Non posso dirgli di no, devo dire di sì» pensa, e lo dice.

– Ok…

– Ok…

Smettono di parlare e cercano entrambi di pensare ad altro.

– Elton?

Clara annuisce, aprendo ancora di più il suo sorriso.

– Che ti scrive?

– Niente, solo disegni.

– Disegni? E basta?

– Sì, lui è diverso dagli altri, parla a monosillabi, te l'ho detto. Parla con i suoi disegni.

– Fa' vedere…

Anita cerca di strappare di mano il telefono a Clara, ma lei lo trattiene.

Ha percepito della diffidenza nel tono di Anita, e non vuole esporre Elton al suo dileggio.

– Voglio solo vedere, che hai?

– Non mi va che ci ridi sopra.

– Scusa... A questo punto me lo devi far conoscere.

– Tra un po'...

Clara alza le sopracciglia per ristabilire gli equilibri. Anita è la sua migliore amica, Elton non si sa bene che cosa sia, ma è una persona speciale. Lei è gelosa di questo "non si sa che cosa sia" e vuole proteggerlo. Ci sarà tempo per armonizzare il tutto, per ora meglio tenere le cose distinte. La sua pancia le dice cose che non sa spiegare, e allora un gesto, un sopracciglio alzato, sostituiscono parole confuse quanto il suo cuore.

Anita sbuffa e nel frattempo il treno è arrivato a destinazione.

Yuri propone di passare la prima ora in un bar poco lontano, che a quell'ora c'è poca gente. Anita dice ok. Si incamminano aiutando Clara a portare uno degli zaini, tra poco arriveranno all'angolo dove dividersi.

Ma poco prima di giungere al crocevia, proprio mentre Anita sta scrivendo alle sue compagne di non dire di averla vista perché entrerà alle nove, Ste le si piazza davanti con l'aria di qualcuno che non ha dormito, non si è lavato né nutrito.

– Non volevo, Ari, te lo giuro, non volevo.

– Ok – risponde lei. – Anche io non volevo mandarti affanculo. Mi hai messo paura. Scusa.

Yuri capisce che Anita si riferisce a qualcos'altro e la prende per un braccio.

– Andiamo via – dice restituendo a Clara il suo zaino.

Ste ha capito che Anita non sa ancora nulla del video.

Eppure avrebbe scommesso che Yuri le avesse detto tutto. Si chiede come sia possibile che non lo abbia fatto.

Che lei non sappia niente.

Lo fissa con aria interrogativa, e davanti a quello scambio di occhi sbarrati, Anita si spaventa. Si divincola da Yuri e chiede: – Che avete?

– Che è successo? – aggiunge Clara in ansia quanto lei.

– Mi dispiace... – dice Ste scuotendo la testa, poi non riesce a sostenere il suo sguardo e si allontana a passo spedito.

Yuri si sente travolto da qualcosa che somiglia al vortice d'aria di un tornado.

– Te lo volevo dire, Ani, per questo sono venuto a casa tua stamattina, te lo volevo dire.

– Dire cosa?

Due ragazze sono ferme poco lontano e li guardano incuriosite, mentre il flusso di giacche a vento sotto gli ombrelli si sta diradando.

– Cazzo volete? – grida Clara stupendosi per ciò che le è uscito di bocca.

Quelle riprendono il cammino verso la scuola ridacchiando.

Yuri si guarda intorno per verificare che nessun altro stia spiando la loro disperazione. – Andiamo via da qui, Ani.

– Dimmelo qui, dimmelo adesso.

È un imperativo.

Yuri non ha scampo. – Ste ha fatto girare un video.

Silenzio. La pioggia batte forte sull'asfalto ma quel ticchettio non sembra infondere alcuna pace.

Il giorno in cui morì la mamma di Anita pioveva forte.

E pioveva anche nei giorni successivi e nel giorno del funerale.

«Tutto il cielo è triste» le disse la nonna. «Queste lacrime sono per lei.»

«Queste sono le sue lacrime» pensava Anita camminando per mano alla nonna e al papà. «Queste lacrime sono la nostalgia di me.»

Aveva sei anni, e da allora la pioggia voleva dire ritrovarla, riascoltare quel pianto, quel farsi sentire presente, solo per lei.

Ora la pioggia che batte sull'asfalto, che batte sugli ombrelli ovattando ogni suono intorno, nulla può fare contro quel tonfo al cuore.

– Quale video…?

Non è una vera domanda, ha il tono di quando sai già la risposta.

Clara fissa Yuri e Anita a intermittenza.

Non importa più che ore sono, fare tardi a scuola o non andarci per niente, non importa rivedere Elton, non importa più niente. Si stringe ad Anita, le prende la mano e le loro dita si intrecciano nel contrasto cromatico tra la sua pelle diafana e quella di Anita, marrone scuro.

Yuri abbassa lo sguardo. Non si accorge nemmeno di avere i piedi in una pozzanghera. Non si sposta di un millimetro.

– Un video dove stai senza reggiseno. Ma non si vede niente – aggiunge, anche se Anita non lo sente più.

Il vomito riempie la pozzanghera, imbratta le loro scarpe. Una macchia giallastra si annacqua lentamente sotto i loro occhi. Poi, a ogni conato, dalla bocca di Anita esce solo saliva.

Yuri e Clara hanno gli occhi pieni di lacrime.

37.

VERGOGNA

Blu è accovacciata sul tappeto, ai piedi del divano, come se fosse di guardia, come se stesse controllando che quei due non facciano nulla di male ad Anita.

Lei è stesa di lato, in posizione semi fetale, con la testa appoggiata sulle cosce di Clara e i polpacci sulle ginocchia di Yuri. Singhiozza.

Clara le ha preso il telefono. «Basta guardare il video» ha detto.

Ma Anita ha comunque in testa soltanto la sua immagine con il braccio che copre i seni e tutta la sua emozione evidente, lo sguardo che si abbassa timido e quel suo sorriso dolce che ora le sembra soltanto il sorriso più idiota sulla faccia della terra, sul volto della cretina più cretina della terra.

Immagina Filo, Tappo e gli altri con gli occhi sul telefono, che ridono, che la guardano, violando la sua intimità, un suo momento così personale e privato.

Anche se non si vedono i capezzoli, il suo corpo, la sua pelle nuda, è lì a loro disposizione tra foto e video semi porno su cui far scorrere il dito. Il suo corpo che non è più suo.

Quanto lo avranno guardato, cosa avranno pensato? Che cosa si saranno detti? Che è una troia, una zoccola e altre parole orribili. Che è ridicola.

Non metterà più piede in piscina, non potrà più incrociare i loro volti. È tutto finito, allenamenti, partite, il campionato.

E a chi avranno mostrato il video? L'avranno fatto girare in altre chat? I paesi lì intorno sono piccoli, tutti vanno a scuola più o meno negli stessi istituti, in treno piano piano ci si riconosce tutti. Quello va al classico, quelle due all'agraria, quel tipo ha perso l'anno al turistico e ora va al Fermi.

Non salirà mai più su quel treno. Non potrà più incrociare il volto di nessuno.

E se il video fosse arrivato a qualcuno della sua scuola?

Certo, avrà già fatto il giro del treno e di tutte le scuole.

Starà girando in classe. Immagina gli occhi sgranati che si cercano increduli, "Ma è proprio lei?", "È Anita!". Che vergogna!

Forse Vera l'avrà già mandato a Marzia, o forse no perché da quando Marzia ha cambiato scuola Vera non fa mai la stronza, anzi è gentile.

Ma un video così è uno scoop, devi mandarlo per prima, non se lo sarà fatto scappare.

E i prof? Verrà a saperlo la prof di inglese, la sua adorata prof che vorrebbe portarla in Inghilterra con le terze la prossima estate perché lei già guarda tutte le serie in inglese insieme a Clara. Che vergogna!

Non potrà più andare a scuola.

E i suoi? Che diranno i suoi? Deluderà Michela, che la sostiene sempre, suo padre si vergognerà a morte in paese ad avere una figlia così.

Verranno a saperlo i nonni, gli amici, le sue cugine invidiose dei suoi voti alti. Saranno contente.

«È tutto finito» le dice la voce che rimbalza nel cervello.

Riprende a piangere, le lacrime scorrono lungo le guance, cadono come pioggia tra le sue mani.

Clara e Yuri si scambiano l'ennesimo sguardo disperato di chi non sa che cosa fare.

Clara si china su di lei, le bacia i capelli e rimane lì, appoggiata sulla sua testa. – Ani…

– Voglio morire.

38.
MESTRUAZIONI

Anita non ha più lacrime, Clara e Yuri non hanno più parole.

Che si può dire di fronte a una cosa così grande?

Che si può fare?

Clara ha scritto un messaggio a Elton dicendogli che la sua amica Anita è in un casino enorme e che gli spiegherà domani.

Lui le ha risposto con un disegno, due sagome nere, di spalle, per mano.

Una è alta e robusta, l'altra minuta. Si tengono per mano e camminano verso un bosco. Il bosco è fatto di pochi tratti, essenziali. Eppure sembra di percepire la sommità degli alberi e l'immensità degli spazi con cui la natura sta per accoglierle. Per un attimo a Clara sembra di stare bene.

– Ci vuole un piano – dice girando la testa di lato verso Yuri.

– Cioè?

Anita non parla, non ha più forze per emettere suoni che non siano gemiti.

Si chiede come è possibile che Ste le abbia fatto questo. Solo un mese fa stavano lì, su quel divano, a baciarsi e a guardarsi negli occhi intensamente... come è potuto diventare così cattivo? Era già cattivo e lei non l'ha capito? È cambiato durante l'estate? Ripensa alle telefonate senza risposta, ai messaggi stringati, a quando è tornato ed è andato dagli amici sui Navigli piuttosto che da lei. Eppure tutto era così perfetto quando stavano insieme che ogni malessere passava, ogni dubbio e ogni tormento si dissolvevano nella tenerezza degli abbracci, nella dolcezza dei suoi baci.

Perché le ha fatto questo? È stato lui a rovinare tutto: ad allontanarsi, a fare il geloso, a farle una scenata assurda perché si era messa i tacchi per andare a una festa, quando era lui a nasconderle qualcosa. Perché un messaggio non si cancella per errore, non quello di una ragazza che ti manda cuoricini. È stato lui a mentire e poi chiederle di credere alle favole, di dimenticare tutto, di fare finta di essere stupida.

«Forse chissà...» pensa Anita «forse lo avrei perdonato, ma il perdono non si pretende, se lo pretendi non sei sincero.»

Mentre lei si tormenta, sopra la sua testa gli altri due si guardano interrogativi alla ricerca di una soluzione.

– Devi parlare con tutta la squadra – dice Clara.

– Cioè?

– Devi convincerli a cancellare il video.

Lo dice in tono così deciso che Yuri si sente smarrito.

– Ma figurati! Ci ho provato, a me nessuno dà retta –. Poi aggiunge: – E ci sta provando anche Ste comunque, ma quelli sono degli scemi.

«Si è pentito davvero, allora» pensa Anita. Ma subito dopo una vocina dalla pancia le dice: «E allora? Cosa cambia?». E Anita si risponde che non cambia niente. Che tutto è comunque perduto e se si è pentito non ha importanza. La sua vita è rovinata, e vuole solo scomparire.

– E l'allenatore? – chiede Clara incalzando Yuri.

Anita si alza di scatto. – Sei matta? Non voglio che Giò veda il video!

– Scusa ma... – prova a insistere Clara.

– Giò non deve sapere niente! – grida Anita.

Blu con un balzo sale sul divano e si crea uno spazio a fianco di Anita che le accarezza il pelo lucente.

– Scusa, piccolina, non volevo spaventarti – le sussurra in un orecchio.

Cala il silenzio. Ancora.

I pensieri fluttuano nell'aria, se potessero essere visibili la stanza sarebbe piena di nuvolette fitte di parole o disegni minacciosi.

– Però di Giò hanno paura – osserva Yuri. – È l'unico di cui hanno paura.

– Ovvio – concorda Clara sommessamente, per non demordere ma rispettando la suscettibilità di Anita.

– Cazzo, ci dovevo pensare subito – dice Yuri alzandosi in piedi e cominciando a camminare avanti e indietro per la stanza.

– No, ti prego – dice Anita con voce sfinita. – Lascialo fuori, mi vergogno.

– È l'unica possibilità – dice Clara. – Yuri lo deve chiamare subito.

Anita ricomincia a singhiozzare.

Sapere che hanno ragione non placa la vergogna che la sovrasta al pensiero di Yuri che parla con Giò, e Giò che sbarra gli occhi e non ci crede che la sua capitana abbia fatto quel video assurdo come una scema qualsiasi. Non si riconosce nemmeno lei in quelle immagini, che viste da lontano, viste con occhi differenti e soprattutto con gli occhi degli altri, hanno un significato così diverso da quello che era stato quel momento speciale e segreto tra lei e Ste, loro due soltanto.

Ora sono solo mortificanti, e lei si sente orribile e pensa che non se lo perdonerà mai.

– Ok, scrivo a Giò se gli posso parlare – dice Yuri guardando Anita.

Lei ricambia lo sguardo senza rispondere, lui le fa un mezzo sorriso e prende in mano il telefono.

– Oddio! – esclama Clara.

Anita si solleva.

– Che c'è?

Clara si mette la mano tra le cosce, e dà un nome a quello strano e denso calore.

– È sangue... – dice mostrando incredula la mano sporca.

Yuri dice: – Che schifo! – ed esce dal salotto, inorridito.

– Vai in bagno! Gli assorbenti sono sotto il lavandino – dice Anita sbirciando il divano per quantificare il danno.

Clara si accorge della chiazza rossa, ma Anita la rassicura.

– È in pelle, va via.

– Proprio oggi... – dice Clara.

Le aspettava da un po' le mestruazioni, è una delle poche in classe che ancora non le ha avute.

Ma oggi no, proprio oggi questa cosa non ci voleva.

– Yuri, prendi il rotolo di carta sul piano della cucina! – grida Anita. E quando Yuri appare sulla porta, aggiunge: – Non sono contagiose, tranquillo!

Finito di pulire il divano, Anita cerca dei pantaloni da prestare a Clara e un sacchetto per riporvi i jeans sporchi.

Quando Clara torna dal bagno è impossibile non ridere, è proprio buffa con i pantaloni di Anita che è più alta e più robusta, quasi due taglie in più.

– Per fortuna abitiamo vicine, – dice Clara guardandosi allo specchio – non devo fare molta strada a piedi!

– Posso dormire da te? – le chiede Anita. – Non voglio farmi vedere da Miki così.

Infila il pigiama nello zaino, insieme ai libri di scuola per il mattino dopo.

Quando scendono ha smesso di piovere, una luce giallastra si riflette sull'asfalto bagnato.

Yuri saluta Anita con un abbraccio. Che Anita vorrebbe non finisse più.

39.

ABBRACCI

– Ti prego, Miki! – implora Anita al telefono.

– Avevamo detto che puoi dormire da Clara il sabato sera, non se il giorno dopo c'è scuola.

– Sì, però Clara ha un problema d'amore, non ti posso dire niente, ma io sono la sua migliore amica… sta piangendo… e sua mamma è lontana…

Michela sospira, e si rivede ragazzina. I primi amori, le prime delusioni, l'amica del cuore, Cristina, a cui raccontare tutto. «Al diavolo le regole,» pensa «l'amicizia è l'amicizia.»

– Va bene. Però che non diventi un'abitudine… è un'eccezione.

– Grazie, Miki, sei un tesoro, grazie.

– Chiama dopo cena che saluti tuo padre, va bene?

– Chiamo, promesso.

Non si sente a disagio Anita per questa bugia.

Non può mostrare i suoi occhi arrossati, le occhiaie violacee che sembra uscita da un horror. «In fondo *sono* in un horror» pensa.

Miki le farebbe domande, vorrebbe sapere, ma ci sono cose che non si possono dire. E allora Miki si preoccuperebbe, cercherebbe ogni scusa per entrare in camera sua e tentare un avvicinamento, come se non fosse evidente che riporre della biancheria nei cassetti o cercare un libro che non trova non fossero che dei pretesti.

E poi forse ne parlerebbe con suo padre dicendo: "Provaci tu". Anzi di sicuro.

E lui busserebbe discreto alla porta, un *toc toc* lieve senza risposta e, dopo qualche secondo, uno un po' più deciso. Le sembra di vederlo lì, in piedi, col suo completo marrone o grigio scuro, lo sguardo prima verso il basso, cercando di carpire un "sì" con l'orecchio alla porta, poi verso l'alto, come se da lassù qualcuno potesse indicarci un'idea su che fare… andarsene, insistere.

Sarebbe inutile fingere di avere la musica in cuffia, prima o poi la porta si schiuderebbe e lui farebbe capolino con un "posso?" di quelli a cui non si può dire di no.

"Nessun brutto voto a scuola, nessuno spinello, nessun litigio furibondo con chissà chi. Niente razzismo, niente bullismo. Niente papà, ho solo voglia di stare sola, ti racconterò."

E lui allora direbbe ok, magari le farebbe una carezza e poi uscirebbe rispettoso e Anita non sarebbe sicura di dover tacere, di non dover dire: "Papà, abbracciami stretta stretta". Perché in fondo solo di quello avrebbe bisogno.

Starebbe zitta, ascolterebbe un pezzo di quelli che ti aiutano a sentire l'ombelico, pensando che le cose vanno in un certo modo a volte, senza un senso, solo perché qualcosa dentro ci fa avere paura di chiedere, di dire che anche se ci sentiamo grandi abbiamo ancora bisogno di coccole come quando ci infilavamo nel lettone la domenica mattina o ci stringevamo ai nostri genitori perché la strega cattiva di un film ci faceva paura.

«Mamma, dove sei?» pensa Anita.

Mamma dolcissima, la pelle liscia, quell'odore buono ricercato per anni annusando i suoi vestiti nell'armadio, fino a che è svanito, come certi ricordi che si dissolvono nello scorrere del tempo.

E a un certo punto è arrivata Miki e i vestiti di mamma sono finiti negli scatoloni in cantina.

Anita ha appena cominciato a riaprire quelle scatole, e spera che il piede non le cresca ancora perché sua madre adorava le scarpe e ce ne sono di bellissime, e adesso ha il suo stesso numero.

La sera in cui era andata alla festa dell'amica di Clara ne aveva indossate un paio rosse e lucide.

«Che stupido è stato Ste ad arrabbiarsi» pensa.

Di sua madre ha gli stessi capelli e lo stesso sorriso.

Lo dicono tutti, pensano dovrebbe farle piacere, ma ogni volta Anita non riesce a sorridere.

A volte si può essere tristi anche per una cosa bella.

40.
COMMENTI

Il padre di Clara non è ancora tornato, e quando scrive che si ferma fuori a cena è un sollievo.

Clara butta in lavatrice i suoi jeans sporchi di sangue.

– Che dici, 90 gradi va bene?

– Ma no – le risponde Anita. – Il sangue va via con l'acqua fredda, mettici l'igienizzante.

– Non lo sapevo.

Quante cose da chiedere alla mamma stasera, nella consueta chiamata di fine giornata: cosa prendere per il mal di pancia, cosa fare, cosa no. Quanto male farà.

La prof di ginnastica non accetta giustificazioni a

scuola per le mestruazioni, dice che lei si è sempre allenata come se niente fosse. Neanche Anita salta gli allenamenti e le partite, eppure certe compagne di classe dicono che non riescono nemmeno a studiare da quanto stanno male, figuriamoci fare un giro di corsa in palestra.

A scuola è nata una protesta e ne vogliono parlare al primo consiglio di classe; Clara ora potrà sentirsi una di loro, che abbia tanto o poco mal di pancia poco importa.

«Anzi,» pensa «se io non avrò problemi, la mia solidarietà con chi ne ha farà ancora più effetto.»

Ora non le dispiace affatto dover usare gli assorbenti della mamma che sono rimasti nel cassettone del bagno perché nessuno ha avuto il coraggio di buttarli via. Ora si dovrà portare anche lei una pochette nello zaino, con gli assorbenti di ricambio, per ogni evenienza. Ora è definitivamente entrata nel mondo dei grandi ed è un peccato che sia successo in un giorno così triste.

Anita è già seduta sul divano, in posizione semi distesa, con le gambe divaricate e lo sguardo vuoto sul televisore spento.

Clara grida dalla cucina: – In freezer ci sono delle pizze surgelate!

Niente di meglio di due pizze da mangiare sul divano per due ragazze in crisi.

I tentativi di Clara di guardare una serie per pensare ad altro svaniscono presto.

Anita alterna profondi sospiri a improvvisi singhiozzi, continua a guardare il telefono, le chat, Instagram, come se da un momento all'altro dovesse arrivarle la notifica della pubblicazione del video, cui seguirebbero centinaia di commenti.

Commenti di persone che conosce e che non conosce, commenti osceni, insulti che le sembrano solo meritati.

– Non servirà a niente parlare con Giò – dice a un certo punto.

– Ani, smettila di guardare il telefono!

Anita lascia cadere il telefono e si sdraia appoggiando la testa sulle cosce di Clara. – Forse dovremmo eliminare i nomi con più di quattro lettere – dice.

Clara la guarda dall'alto, dubbiosa: – Cioè?

– Sì… – continua Anita. – Tanto Ludovica diventa Ludo, Alessandro diventa Ale, Riccardo Riky, io sono Ani. Marika diventa Mari, Simone Simo e Jacopo Jaco, Piero lo chiamano Pier…

Clara ci pensa su. – Però mio padre si chiama Sergio e sono sei lettere.

– Oh, cavolo!

– Ci devono essere due consonanti attaccate.

– Angelo sono sei e due attaccate… giusto.

– Sì… Marzia… giusto…

– Però a scuola c'è un Luca che chiamano Lu.

– Cavolo.

Si appassionano a questo discorso surreale nemmeno fossero delle esperte di linguistica. Ripescano nomi di compagni di scuola o di scout dimenticati, ripensano a campi estivi parrocchiali, e ridono ricordando don Sigismondo.

Forse per non farci andare fuori di testa a volte è la testa che va altrove, per proteggersi. Per proteggerci.

Clara sta al gioco e intanto risponde a Elton che a scuola parla poco ma in chat è molto loquace, anche troppo stasera.

A un certo punto Clara gli scrive Ora dormo anche se non è vero. Non ancora.

È Anita ad alzarsi per prima dal divano dicendo: – Voglio dormire.

Si infilano nel letto di Clara, che fa partire una playlist; una cuffietta per una, non c'è più niente da dire.

È tardi quando il padre di Clara rincasa.

Lo sente chiacchierare e ridacchiare al telefono. Chissà se ha una nuova fidanzata.

Clara gli ha lasciato un biglietto in cucina: *Anita dorme qui, buonanotte.*

Anita crolla in un sonno profondo, sfinita da un ultimo e silenzioso pianto sulle note di Billie Eilish, che dice di essere spaventata, di non essere mai caduta da così in alto.

Clara invece stranamente non ha sonno, è agitata. Anche lei ha paura.

Paura di non poter fare niente.

41.

VITA

Il cappuccio in testa, lo sguardo basso, in cuffia Tiziano Ferro a palla.

Clara non le molla la mano da quando sono uscite di casa.

«Meno male che ci sei» pensa Anita, ma non basta.

Le fa male tutto il corpo, arrivano in stazione in un tempo che le sembra infinito.

Yuri le sta aspettando al binario.

Le abbraccia entrambe, ormai la loro amicizia è un tutt'uno.

Il dolore crea alleanze indissolubili.

– Giò mi ha risposto, – dice Yuri – ci parlo dopo l'allenamento.

L'allenamento. Anita pensa: «Basta allenamenti, basta partite».

La vergogna la sovrasta e sente di non fare più parte di niente.

Io non fermo gli ostacoli. Non credo ai miracoli.

Sale sul treno sperando che nessuno si accorga di lei, eppure è come se si sentisse addosso lo sguardo di tutti.

Il treno è pieno, trovano posto in piedi nello spazio tra un vagone e l'altro.

Salgono anche Veronica e Beatrice, due tipe simpatiche che spesso si uniscono a loro durante il viaggio.

Frequentano un professionale, sono appassionate di cucina e sognano di aprire un ristorante tutto loro.

– Ciao Bea, ciao Vero – dice Clara.

Anita ripensa al discorso del giorno prima sulle abbreviazioni dei nomi e le sembra soltanto idiota. «Bea, Vero, chissenefrega.»

Mormora un ciao alle due ragazze e si gira verso il finestrino, non ce la fa ad affrontare lo sguardo di nessuno.

In testa rimbombano le stesse domande, una in fila all'altra.

In quanti avranno visto il video, e chi l'avrà visto. E cosa penseranno, e cosa diranno di lei? Rideranno? Sicuramente sì, rideranno, la imiteranno, diranno cose orribili.

Indossa i jeans e una felpa spessa, eppure è come se non avesse la maglietta e neppure il reggiseno e si coprisse i seni di fronte al mondo.

Non è facile tenere a freno il panico.

Il treno corre, rallenta, si ferma, riprende a correre.

Al di là del vetro, case, alberi, distese di campi, lunghe code di automobili nelle strade trafficate che costeggiano la ferrovia.

Anita osserva quei fotogrammi sempre uguali che scandiscono le soste, che annunciano chi salirà tra poco, chi scenderà. Le solite facce, nei soliti giorni che non saranno mai più come prima.

Yuri cerca di intrattenere le due ragazze informandosi su come va a scuola, cerca di proteggere Anita dalla curiosità che il suo atteggiamento potrebbe suscitare.

È sempre allegra Anita, e gentile. Oggi sembra una asociale.

Ha scritto *Motivi di salute* sulla giustificazione per l'assenza del giorno prima.

Ha falsificato la firma di Miki, per la prima volta.

Ha fatto le prove su un foglio, facendo scorrere la penna su quelle lettere arrotondate così diverse da come scrive lei.

Quando si è sentita sicura ha preso il libretto, ma quella bugia è venuta peggio delle prove.

«Vedrai che la prof non se ne accorge» ha detto Clara, ma lei ha paura che non sarà così, che anche in questo verrà smascherata, che tutto d'ora in poi andrà a rotoli.

Anita si sente solo una stupida, una ingenua stupida ragazza che non ha più niente da dire se non che vuole sparire.

Scende dal treno a testa bassa e a testa bassa cammina fino al crocevia. – Vorrei venire a scuola con te – dice.

– Ma io non ti voglio a scuola con me – risponde Clara sperando di farla sorridere.

Anita la guarda invece stupita, perché quando stai male l'ultima cosa che riesci a cogliere è l'ironia e anche una frase ironica ha il sapore di una congiura.

– Scherzo, scema!

– Ah, ok...

Yuri dice: – Dai, vedrai che non lo hanno fatto girare, in chat non ne parlano più.

Nella chat *Campioni* sembra davvero che se ne freghino del video: solo un paio di loro ha risposto Ok cancellato alle suppliche di Ste e di Yuri, ma dopo la prima sera, a parte un paio di battute sarcastiche di Filo, non hanno più commentato, presi dall'uscita di una nuova serie.

Ma Yuri non è tranquillo e non ha più dubbi: ha ragione Clara, per essere certi che tutti cancellino serve l'aiuto di Giò. Non sa come farà, ma non vede l'ora che arrivi sera per andare in piscina e sistemare tutto.

Clara lo prende per un braccio: – Dai, che facciamo tardi – e si incamminano con un ultimo sguardo incoraggiante verso Anita, che li guarda allontanarsi con le braccia alzate per un "ciao".

Senza di loro al suo fianco a proteggerla, Anita si sente improvvisamente smarrita.

La scuola già si intravede in lontananza, eppure il percorso da compiere le sembra interminabile. Cammina ricurva, non è solo quello dello zaino il peso che porta sulle spalle.

La sua scuola è un vecchio edificio d'epoca, circondato dagli alberi, nel centro del paese.

Niente a che vedere con certi edifici dai muri scrostati del centro studi verso la zona industriale a poche centinaia di metri di distanza. Fino a due giorni prima le piaceva entrare in quel liceo con la cancellata imponente, le colonne all'ingresso e il giardino ben curato.

Ora invece le sembra minaccioso e inospitale e più si avvicina più si sente mancare il terreno sotto i piedi.

Come ha potuto pensare di poter entrare da sola?

Come può pensare di sottoporsi da sola al giudizio universale?

A forza di chiedersi chi avrà visto il video, e cosa penseranno, e cosa diranno, quell'ipotesi si è tramutata ai suoi occhi in una realtà inconfutabile. Come se tutto fosse già accaduto: tutti hanno visto, pensato, detto. E ancora vedranno, penseranno, diranno.

Non ha ricevuto alcun messaggio, alcuna notifica, del suo video nessuna traccia tra i suoi contatti social, eppure è già come se tutto fosse perduto.

È soltanto una proiezione delle sue paure ma fa sembrare la catastrofe così reale che a pochi metri dal cancello Anita si blocca e rimane immobile, trattenuta dall'asfalto e da qualcosa al di sopra di lei.

– Ani, che hai? –. Vera le si avvicina da dietro e la scuote. – Stai male?

Anita la guarda e si sente svenire, vacilla.

Vera la sorregge, e le dice: – Vieni.

Si siedono su un muretto esterno alla scuola, al di là della strada.

– Non è niente, – dice Anita – forse ho la pressione bassa.

Lo sente dire spesso a Michela che quando si alza di scatto avverte dei capogiri e si deve sorreggere alle pareti di casa.

– Sei pallida.

Vera la sorprende con una carezza.

– Sono sempre pallida – risponde Anita.

– Sei pallida da film horror! Andiamo al bar, ti bevi un tè, mangi una brioche.

– No, – dice Anita – non voglio entrare in ritardo, poi mi mandano dalla vicepreside.

La vicepreside è il terrore della scuola, scoprirebbe la firma falsa sul libretto, chiamerebbe i suoi. O forse il video è arrivato anche a lei, pensa Anita, umiliazione, espulsione. La testa gira.

– Ma tu stai male!

– Ho detto di no! – la interrompe Anita riprendendosi. Le dispiace essere scortese ma è confusa, impaurita. Vera è gentile nei modi, e sembra davvero preoccupata per lei.

– Scusami – le dice. – Tu vai, poi ti raggiungo.

Ma Vera insiste. – Non ti lascio qui così.

Anita si chiede perché quella ragazza che sembrava odiosa ora sia così diversa, così diversa da sentirla tanto vicina, da avere bisogno di lei. Vorrebbe cacciarla, è Vera, quella che con Marzia bullizzava

Clara. Eppure vorrebbe un'altra carezza, e poggiare la fronte sulla sua spalla e raccontarle tutto, dirle: "Aiutami".

La guarda un momento negli occhi, sottili, a metà tra il verde e il marrone. Vera ha i capelli rossi e lisci. Anita quando era più piccola sognava di avere i capelli lisci, non le piacevano i suoi riccioli indomabili. Ora li adora, anzi li adorava, perché di sé non le piace più niente.

– O entriamo insieme o resto qui – insiste Vera.

Anita si solleva dal muretto pigramente e si avviano verso l'ingresso a braccetto.

È come entrare in un fantasy, le punte in ferro della cancellata potrebbero conficcarsi nella sua carne da un momento all'altro, i volti che incrocia sembrano elfi crudeli pronti a farle del male.

Vera non sa niente del video, è evidente, e se non lo sa lei è difficile che sia arrivato in classe e a scuola; eppure in ogni sguardo che incontra nei corridoi, sulle scale, persino quando incrocia i bidelli, Anita teme di trovare la conferma delle sue angosce.

In classe c'è un gran baccano, oggi c'è la verifica di tedesco ed è tutto un passaggio di bigliettini da fissare sotto il banco con lo scotch o nascondere sotto i polsi delle felpe, negli astucci. Nessuno sembra far caso a lei, impossibile che abbiano visto il video.

Quando il prof entra il baccano si fa mormorio e Anita si avvicina alla cattedra. La falsa firma di Michela è una menzogna evidente. Nelle prove la penna era scivolata sul foglio ma sul libretto la mano le si era bloccata a metà e ora quello spigolo tra i caratteri incerti sembra dichiarare il misfatto.

Le trema la mano nel porgere il libretto al prof, ma lui nel frattempo è impegnato a rimproverare un alunno precisando che ai suoi tempi non si poteva entrare in classe con i jeans così abbassati da lasciar intravedere le mutande; sigla la giustificazione frettolosamente senza guardare Anita in faccia.

Lei ritira il libretto e ritorna a passo veloce al suo posto.

È andata. Anche se non riesce a essere contenta.

Il prof distribuisce i fogli per la verifica. – Solo la penna sul banco, – dice – se becco qualcuno a copiare ritiro all'istante.

Dice sempre così, ma poi tutti copiano e lui non se ne accorge, chino sul suo smartphone a fare chissacché.

È il peggior insegnante della scuola anche se insegna lì da più di trent'anni, è il più incapace e il più arrogante, perché spesso le due cose viaggiano insieme. Persino durante le gite scolastiche che organizza si fa i fatti suoi. Gira voce che in una gita in Francia abbia avuto una storia con una tipa parigina e che sparisse per ore, anche la sera, lasciando alla collega di storia tutto il carico di occuparsi delle classi. Ora si muove nell'aula con l'aria di chi ha potere di vita e di morte sul tuo destino, ma ci crede soltanto lui.

Il foglio è suddiviso in due parti, una facciata con risposte a crocette, una in cui si devono leggere dei brevi testi e rispondere a delle domande aperte.

La prima parte Anita la compila senza fatica, le frasi sono semplici, le risposte sbagliate contengono errori grammaticali madornali, non le serve concentrarsi, è preparata. È un gioco.

I testi invece prevedono concentrazione, e la concentrazione oggi è impossibile. Anita legge una riga, torna indietro perché si è già persa. Riprende a leggere, ma il video sorvola il testo come un aereo che oscura il cielo in tempo di guerra.

Cerca di dirsi: «Non pensarci». Ma in fondo che le importa di una verifica di tedesco? Che importanza ha un voto, che importanza ha la scuola, quando presto la dovrà lasciare? Perché se il video non è arrivato in classe è solo questione di giorni, questo pensa Anita e solo a questo riesce a pensare.

Non legge e non scrive, consegna il foglio con la seconda parte in bianco.

Sarà la prima insufficienza della vita, di una vita rovinata, già in pezzi, per cui un'insufficienza non cambia proprio niente.

Quanto può cambiare la vita in un giorno. Non lo avrebbe mai detto. Mai.

42.

SOGNI

Mentre Anita è alle prese con la verifica e lo sconforto, Clara, nonostante il malessere e la preoccupazione per la sua migliore amica, si sente sollevata.

Elton le fa questo effetto.

Colora le cose.

Rende più leggera una giornata pesante.

Rende possibile immaginare l'impossibile.

Al suono della campanella, quasi inciampa nello zaino per la fretta di uscire e non perdere nemmeno un'istante della ricreazione.

«Voglio sapere tutto» le ha detto Elton prima di entrare in classe.

Lo ha detto sorridendo, come se Clara gli avesse nascosto un gossip clamoroso.

Invece eccoli, seduti nell'angolo più isolato del corridoio, mentre lei tenta di spiegargli il minimo indispensabile per fargli capire di cosa si tratta ma rispettando la richiesta di Anita che la cosa rimanga un segreto, perché se da un lato è certa che ormai tutti sappiano tutto, dall'altro è disperatamente aggrappata all'ipotesi che, a parte la squadra, non lo sappia nessuno, e che mai nessun altro lo verrà a sapere.

Elton, che si aspettava chissà quale intrigo amoroso degno di una serie Netflix, è deluso. Deluso che si tratti di un cretino che ha fatto girare un video della sua ex come fanno tanti cretini di tante ex e non c'è niente di interessante. Solo colpi bassi, miseria umana, vigliaccheria, cose che gli fanno sentire il mondo troppo stretto.

Lui detesta la mediocrità, l'omologazione, gli sta stretta la scuola, lo annoiano i compagni che non hanno sogni, o se li hanno sono piccoli, legati a soldi e fama. Sogni che si assomigliano, predefiniti, e quindi non si possono nemmeno chiamare tali.

Lui sogna di disegnare, tutta la vita. Scrivere graphic novel contro le guerre, come il suo idolo, Zerocalcare.

Perché il mondo si può cambiare anche così, con un foglio di carta, dei colori, e il tuo cuore in movimento.

Lo annoia ciò che è prevedibile, scontato.

Non lo annoia Clara.

Non è come le altre ragazze e non ha lo smalto sulle unghie, che lui detesta.

A volte arriva in classe spettinata come se prima di uscire non si fosse nemmeno guardata allo specchio e lui la trova adorabile nel suo menefreghismo.

«Che tipa tosta» ha pensato il primo giorno di scuola, quando il prof di lettere le ha chiesto di presentarsi alla classe e raccontare come mai avesse scelto di cambiare scuola, anche se questo significava passare mesi impegnativi a recuperare il programma del primo anno. Clara ha parlato di passione, di desideri, di ribellione a un padre che non voleva capire, e sotto quel caschetto corto i suoi occhi brillavano sprigionando energia e determinazione.

Insomma, Elton ha capito subito che lei dentro ha tante cose e continua a incuriosirlo.

E ora, mentre lei parla, lui immagina di essere altrove, in cima a una collina da cui guardare il mondo da lontano, senza nessun altro intorno. Non gli importa granché di quella sua migliore amica e del suo ex.

Vorrebbe sapere da Clara quale musica le tocca il

cuore, cosa prova quando prende la matita in mano, se le piacciono i fiori di campo.

– Capisci che storia pazzesca? – esclama Clara, in quella che non è di fatto una domanda.

– Certo, un bello stronzo…

– Io non mi fido dei maschi.

– Mica siamo tutti uguali.

– Boh!

– Come boh, se voi pensate così diventeremo tutti stronzi.

– Voi chi?

– Voi ragazze.

– Che vuol dire?

– Che io non sono stronzo e se voi dite: "Tutti i ragazzi sono stronzi", be' io mi incazzo e divento stronzo.

– Vabbè, la maggior parte.

– Ma chi l'ha detto? Voi ragazze siete tutte uguali?

– No, che c'entra? Siete voi che fate queste cose.

– Perché a un ragazzo se gira un suo video in mutande non frega niente.

– Ecco appunto, è proprio questo che non è giusto.

– Cosa?

– Che noi ci dobbiamo sempre vergognare di tutto e voi no.

– Non è giusto ma è così.

– Però non è giusto.

La campanella suona e Clara rientra in classe imbronciata.

Non è solo arrabbiata per quello che Ste ha fatto ad Anita. È arrabbiata per se stessa e per tutte le ragazze del mondo che vengono sempre giudicate mentre i maschi fanno quello che gli pare.

Prende un foglio pulito, fa la punta alla matita e comincia a disegnare.

Elton la guarda da lontano, li hanno spostati di banco perché chiacchieravano troppo.

Segue il profilo del suo viso concentrato, la sua mano che si muove nervosa.

Vorrebbe farle un ritratto, adesso, con Spotify in cuffia e una band che ha scoperto la sera prima.

Invece la prof di discipline geometriche dice: – Aprite il libro a pagina 23 –. E lui lo apre, e pensa che alla fine delle lezioni mancano ancora due ore.

43.
FUSILLI

Anita sposta i fusilli nel piatto con la forchetta, li raggruppa in piccole unità, ogni tanto ne mette in bocca mezzo, masticando lentamente.

Michela lancia delle occhiate a Sergio che significano: "Cosa avrà? Di' qualcosa! Che facciamo?".

– Ti fa così male? – chiede.

Anita annuisce.

Ha detto di non poter andare all'allenamento perché le sono arrivate delle mestruazioni particolarmente dolorose, ma non ci credono; è strano che dopo due anni il mal di pancia sia improvvisamente così forte e non basti un analgesico. Anita non ha mai saltato un allenamento né per le mestruazioni né per un raffreddore.

Michela si alza e apre il cassetto dei medicinali.

– Ti do qualcosa di forte, – dice – ma non prenderlo mai da sola.

– No – risponde Anita. – Vado a letto e mi passa.

Sergio dice: – A letto a quest'ora?

Mentre lei si alza loro si scambiano uno sguardo che vuol dire: "È una bugia... Non ha il mal di pancia". Sentono chiudersi la porta della camera.

– Secondo me non è Clara che ha problemi d'amore – dice Michela.

– Dici? Se è per amore le passerà.

– Come le passerà? Ma l'hai vista? Devi parlarle.

– Io?

– Sei suo padre.

– Ma io non sono bravo, lo sai... è una ragazzina...

– Perché il dolore non è dolore se hai solo quindici anni?

– Sì, ma sai quante altre storie avrà...

– Ma che vuol dire? Vabbè ci parlo io, come sempre.

– Che vuol dire come sempre?

– Che tu sei suo padre ma sembra che ti importi solo dei voti a scuola o di quanto segna in partita.

– E a me sembra che tu ti stia facendo prendere

troppo dalle paturnie da ragazzina, e non è nemmeno tua figlia poi.

Michela lo fulmina con uno sguardo che sembra fargli una radiografia.

– Scusa, Miki... scusa –. Sergio tenta di avvicinarsi ma lei si scosta.

– Lasciami stare.

– Dai, scusa...

– Lasciami stare, ho detto.

Lui si allontana mentre Michela comincia a sparecchiare con il magone in gola, le cade un bicchiere che va in mille pezzi.

– Merda!

Sergio riappare in cucina.

– Vai! – gli dice lei senza voler urlare ma con tanta rabbia in corpo.

Ha amato Anita dal primo giorno in cui l'ha vista, seduta educatamente sul divano, pronta per conoscere "un'amica di papà", la persona che avrebbe avuto il ruolo di una seconda mamma.

Se la ricorda ancora, un cespuglio di capelli con due occhi sfuggenti, un vestitino bianco che le faceva risaltare la pelle scura, un paio di sandaletti verde acqua.

Non le ha solo fatto da madre. Non le ha semplicemente rimboccato coperte e preparato da mangiare. Le ha voluto e le vuole un mondo di bene. Certo, non l'ha partorita e mai avrebbe voluto che le fosse accaduto di perdere la mamma. Ma questi loro anni insieme sono tantissimi giorni e ore e minuti di cose piccole e cose grandi, emozioni, sentimenti, sorrisi, e si può amare una bimba e ci si può preoccupare per lei proprio come se fosse la propria figlia. Per lei Anita lo è.

È risentita con Sergio, che sembra impermeabile alla sua infelicità evidente, che minimizza e dice ragazzina come se ciò presupponesse che ciò che Anita vive non è poi così importante. È risentita e incredula per ciò che le ha detto, che non si aspettava, non da lui. Non tra loro.

Ricopre i fusilli con un piatto e li posa sul piano cottura.

Poi mette dell'acqua nel bollitore e lo accende.

In camera Anita è già sotto le coperte, Blu è accovacciata al suo fianco.

Michela bussa alla porta.

– Sì…

Michela entra e posa una tazza sul comodino.

– Ti ho preparato una tisana al tiglio.

– Grazie.

– Come va?

– Che palle questo mal di pancia –. Le dispiace inventarsi scuse ma non ha scelta.

Michela si siede sul letto. Blu non si scompone.

– Ti va di parlare?

Lo dice in un tono dolce, il suo viso è dolce e Anita avrebbe davvero bisogno di piangere tra le sue braccia. La tentazione di dirle "Aiutami" è grande ma cosa potrebbe fare Michela? E che imbarazzo raccontare tutto. Solo al pensiero la vergogna prende corpo come un mantello infuocato sotto cui disintegrarsi.

Anita riesce solo a scuotere la testa.

– Sicura che sia Clara che è in crisi per amore?

Anita annuisce.

«Questa è la verità» pensa. «Questa non è una bugia. Non è per amore che sto male. Sto male perché mi sono fidata di uno stronzo, sto male perché i ragazzi ti tradiscono, in tanti modi. E Ste mi ha tradita nel modo peggiore. Sto male perché il video l'ho voluto anch'io. Perché sono una stupida ragazza che ha detto va bene senza avere una pistola puntata alla testa. Che ha detto di sì a una cosa che non voleva davvero.»

È così arrabbiata con se stessa che vorrebbe quasi farsi male, mostrare al mondo il video e dire guardate quanto sono cretina, insultatemi pure, me lo merito.

Michela le fa una carezza, le dà un bacio sulla guancia. – Io ci sono – dice.

Anita annuisce ancora e la guarda alzarsi e andare verso la porta.

Vorrebbe dirle che le vuole bene e che ha bisogno del suo bene. Ma non dice niente.

Fa partire una playlist. Nelle orecchie la cantante parla di una scatola da cui è uscita. Anita invece vorrebbe entrare in una scatola tutta per sé e non uscirne più.

È quasi l'ora dell'allenamento e lei è a letto, rinchiusa.

Yuri le ha detto che parlerà con Giò, ma l'informazione l'ha attraversata senza suscitare alcuna speranza, attutita da una sfiducia totale in tutto e tutti.

Immagina Yuri parlare con Giò, e Giò dirgli che se Anita è una stupida non può farci niente. Che non la vuole più in squadra.

«Non importa, tanto non mi farò mai più vedere.»

Immagina quella vasca azzurra, la stessa dove va da quando è bambina e imparava a nuotare aggrappata alla tavoletta di plastica. Ora non c'è niente a cui aggrapparsi.

Immagina la squadra da domani senza di lei. Le grida, gli schizzi, la palla che smorza la sua forza a contatto con l'acqua. I tiri potenti, i rimproveri di Giò che non è mai contento. Filo che si riprenderà il ruolo di capitano e si sentirà il migliore. Tappo che negli spogliatoi gli starà sempre dietro come un cagnolino.

I minuti scorrono. *Squarciami il cuore prenditi tutto.*

Nuove lacrime scendono.

Sì. Ste si è preso tutto.

44.

TRICIPITI

Tutti hanno promesso a Ste di non far uscire il video dalla chat del gruppo ma a Ste non basta, lo sa che non si può fidare, vuole che lo cancellino.

Prima di entrare in acqua nello spogliatoio la discussione è accesa.

– Scordatelo! – dice Filo.

– Ma che vi costa? – chiede Ste quasi in lacrime.

Anche Yuri ci prova: – Se non ve ne frega niente del video, perché non lo cancellate allora?

– Perché nessuno ci dà ordini – risponde Filo come se stesse parlando per tutti.

Gli sguardi si abbassano, cambiano direzione, tutti si sbrigano a infilarsi costume e calotta.

Prima di uscire dallo spogliatoio Ste si avvicina a Yuri: – Mi faccio schifo.

– *Fai* schifo – risponde Yuri mettendo un triplo accento sulla "a".

Giò non ha idea di cosa sia successo nella squadra.

Quando Yuri gli ha scritto privatamente chiedendo di potergli parlare, ha risposto che a fine allenamento si sarebbe fermato nel piccolo ufficio a disposizione del personale. Sia URGENTE sia TOP SECRET erano in maiuscolo nel messaggio, ma Giò non ci ha dato troppo peso.

«Cose tra ragazzi» ha pensato come fanno spesso gli adulti quando si rapportano con gli adolescenti.

Yuri non ha avuto il coraggio di insistere, non è facile sapere come ci si deve comportare a questo mondo.

In acqua i ragazzi sono un disastro, non c'è compattezza, ognuno sembra giocare per conto suo. Non si capiscono, manca l'intesa, l'azione è frammentata, certi tiri in porta sono solo rabbiosi.

– Ti sei rammollito!? – grida Giò quando vede Ste uscire dall'acqua stremato prima del tempo.

– Mi fa male la spalla – risponde lui anche se ormai la lussazione dell'anno scorso è perfettamente guarita.

Ste si avvia verso lo spogliatoio ma Giò lo riprende: – Dove vai? Siediti e guarda la partita.

– Ma...

– Seduto, cazzo!

È più nervoso del solito Giò, succube della tensione nell'aria.

Finito l'allenamento li rimprovera fino a che non sono quasi entrati tutti negli spogliatoi.

– Yuri, torna qui! – urla perentorio.

Yuri è imbarazzato, voleva parlargli di nascosto dagli altri. Ora gli chiederanno che voleva Giò, e lui non saprà che dire. Obbedisce e torna a bordo vasca.

– Che cazzo avete stasera?

– Be'... – tentenna Yuri.

– Mi volevi parlare no? Che cazzo succede?

– È successo un casino, con Anita.

– Anita?

– Ste ha fatto un casino.

– Non dirmi che l'ha mollata e lei non vuole più giocare per questo perché la vado a prendere a casa.

– No... molto peggio, mister.

Magari Ste l'avesse lasciata e lei fosse in lacrime per amore.

– Allora? Cazzo è successo? – insiste Giò.

Non è facile per Yuri raccontare quello che è successo.

Lo fa a testa bassa, come se si vergognasse di dire quelle cose, come se quella cosa sporca, quella vigliaccata, fosse colpa sua.

Parla velocemente, gesticolando con le mani e le dita tese come fa sempre quando vuole spiegarsi. A scuola lo prendono in giro durante le interrogazioni.

Giò è allibito.

I suoi ragazzi, che a lui sembrano bambini un po' cresciuti, alle prese con la scuola e i primi amori, gli si rivelano improvvisamente dei piccoli mostri capaci di fare cose cattive. E la sua Anita, che ha nominato capitana per premiare la sua costanza negli allenamenti, la sua determinazione, il suo essere spesso la migliore in partita senza per questo montarsi la testa, a immaginarla in un video di quel genere gli sembra di non riconoscerla, prova solo una grande pena per lei.

Non si è mai trovato in una situazione così, mai avrebbe pensato che i suoi ragazzi avessero in testa certe cose. Ok il sesso, ma qui, lo sa anche lui, il sesso non c'entra niente.

Quando aveva capito che tra Ste e Ani c'era del tenero aveva smorzato un paio di battute stupide nel gruppo, nient'altro. Questa invece è una cosa grossa, un vero casino.

Quando Yuri completa il suo racconto concitato, a Giò escono quattro frasi, una dopo l'altra, distanziate da un paio di secondi di tentennamento.

– Chiama Ste, cazzo.

Pausa.

– E anche Filo.

Pausa.

– Anzi no, aspetta.

Pausa.

– Andiamo, dai.

Scatto.

A volte noi umani siamo essere incredibili.

Sappiamo inventarci, sappiamo diventare supereroi in un batter d'occhio.

Lo facciamo per salvare ragazzini aggrappati a un barcone in mezzo al mare, lo facciamo spalando fango per chi ha perso tutto per un'alluvione, rischiando la vita durante una pandemia pur di prestare soccorso a chi ha bisogno di aiuto.

Tiriamo fuori il meglio di noi di fronte al pericolo.

E Anita è in pericolo.

Così Giò, senza nemmeno chiedersi da dove gli venga quella forza che con i suoi tricipiti non c'entra niente, si dirige verso lo spogliatoio a passo deciso e ai ragazzi basta vederlo entrare per ammutolirsi.

Yuri gli resta a qualche metro di distanza, spaventato.

– Prendete i vostri telefoni! – dice Giò perentorio mentre tutti obbediscono. – E mettetevi in fila.

È il mister, sanno che ciò che dice non si discute.

Se ne stanno lì adesso, fianco a fianco, come soldatini di fronte a un'ispezione. Qualcuno è ancora in accappatoio, qualcuno in mutande o a petto nudo, mezzo vestito.

Giò si pone diritto di fronte a Ste.

– Tu sei un coglione – dice. – Siete dei coglioni! – aggiunge squadrandoli poi uno per uno.

Filo ha perso la sua spavalderia, abbassa la testa e si guarda i piedi nudi sulle piastrelle umide e scivolose.

– Adesso, – continua Giò – cancellate quel cazzo di video davanti ai miei occhi e mi dite: "Ho cancellato".

Le dita pigiano sui telefoni frenetiche.

– Fatto! – dice Tappo.

– Dovete dirmi: "Ho cancellato!".

– Ok... Ho cancellato!

– Ho cancellato.

– Ho cancellato.

– Avevo già cancellato, giuro.

– Ho cancellato.

Quando tutti hanno finito, Giò dice: – Chiamatemi Andrea.

Andrea è l'unico, oltre ad Anita, ad aver saltato l'allenamento.

Filo chiama Andrea, dice solo: – Ciao, ti passo Giò – e porge il telefono.

Giò ci mette pochi secondi a farsi confermare la cancellazione a distanza e anche a farsi dire quello che gli preme: – L'ho solo mostrato a due miei compagni di scuola, ma non l'ho inviato a nessuno, giuro.

Giò chiude la telefonata senza nemmeno un saluto e restituisce il telefono a Filo.

Poi guarda tutti e chiede a chi hanno inviato il video.

Le risposte sono analoghe, il video è stato mostrato in classe, in treno, ma non inviato.

Forse perché è passato poco tempo.

– Voglio credere a quello che mi dite, voglio credere che non sapreste mentirmi guardandomi negli occhi – dice.

Non indossa una divisa ma una tuta e le infradito, eppure ai loro occhi appare come la figura più autorevole che abbiano mai incontrato.

– La lealtà – prosegue – è l'unico valore che voglio vi portiate fuori di qui.

E rimane in silenzio.

I ragazzi si lanciano qualche occhiata di striscio, non è chiaro cosa voglia dire ma si capisce che è importante.

Ste è paonazzo, sa bene che essere leale è la cosa più distante da quello che lui ha fatto ad Anita.

– Potrete cambiare squadra, cambiare sport, trasferirvi in America o in Asia, – riprende Giò – ma fosse l'ultima cosa che vi dico, voglio che vi ricordiate che quello che farà di voi degli uomini non è vincere un campionato o laurearvi con la lode, ma essere persone leali, persone di cui ci si può fidare –. E poi, guardando Ste con un silenzio che fa più male di uno schiaffo, si dirige verso l'uscita dicendo: – E adesso fuori dai coglioni –. Si ferma sulla porta solo per aggiungere: – Ai vostri genitori dite che avete tardato perché c'era un problema con le docce, che non c'era acqua calda e poi abbiamo sistemato.

Appena Giò lascia lo spogliatoio tutti si scagliano contro Yuri.

– Spione del cazzo!

– Bella merda che sei.

– Vaffanculo stronzo.

Yuri si difende dagli spintoni fino a che è Ste a intervenire.

– Smettetela cazzo! È tutta colpa mia. Lui non c'entra. È solo colpa mia – dice. – Se volete menare, menate me.

Tra borbottii e qualche imprecazione tutti finiscono di vestirsi.

Ste si carica il borsone sulle spalle asciugandosi gli occhi lucidi.

Yuri ha ancora le ciabatte ai piedi ma con le scarpe in mano grida: – Aspettami! – ed escono insieme, con la sensazione di uscire da un incubo.

Appena sale in auto, Yuri scrive ad Anita: Video cancellato dalla chat e dai telefoni di tutti. Tutto a posto, ti chiamo da casa.

Quando ha sentito spegnere la tele in salotto e in casa è calato il silenzio, Anita è uscita dalla sua stanza muovendosi nel buio senza accendere le luci. Blu l'ha seguita con il suo passo leggero. Senza nemmeno miagolare, come se non volesse disturbarla.

Anita ha finito i fusilli, freddi, masticando piano.

Ora sta facendo pipì. Cambia l'assorbente. Il ciclo è quasi finito, la pancia sta benissimo.

Va in salotto e cerca un libro di poesie, così, perché le parole a volte fanno cose che ancora non sai. Torna in camera.

Si muove lentamente, con le spalle ricurve, rinchiusa nella scatola.

45.

SILENZIO

Il telefono si illumina e vibra. È Yuri.

– Ce l'abbiamo fatta! – esulta lui.

– Cioè?

– Cioè che Clara ha avuto un'idea geniale, il piano Giò ha funzionato!

– Cioè? – ripete Anita.

Yuri racconta di Giò che sembrava uscito da un film sui Marine, dei compagni in fila a cancellare e dire "ho cancellato".

Racconta le parole, precise, una per una, le frasi, le facce, la rabbia di Filo, gli spintoni e gli insulti che si è preso. Ste che lo difende, Ste che si sente una merda.

– Nessuno l’ha mandato in giro, nessuno, Ani!

– Come fai a essere sicuro? – chiede lei serafica.

– Hanno giurato, dovevi vederli, Ani, dovevi vederli. Fidati!

«Fidati. Cosa vuol dire?» si chiede Anita. «Fidarsi di cosa, di chi?»

Fiducia.

Ci sono parole che cambiano significato in una manciata di secondi, o che ne assumono uno, crudele, da un momento all’altro.

Il pericolo è scampato ma Anita si sente un palloncino afflosciato e senza forze.

– Ci sei? – chiede Yuri.

– Sì sì… grazie sai –. Ha un tono mogio mentre Yuri si aspettava altro.

A bassa voce gli dice: – Ci vediamo domani.

– Ok…

– Notte.

– Notte…

È perplesso Yuri, dopo tutto quello che è riuscito a fare si aspettava un po’ di entusiasmo, ci è rimasto male per quella voce moscia e quei silenzi, come se Anita non gli credesse.

«Cazzo,» pensa «è stato grandioso e non è nemmeno contenta.»

Quello che prova Anita non assomiglia affatto alla contentezza.

«Tutto a posto» ha detto Yuri, ma il suo entusiasmo l'ha lasciata indifferente, come se fosse rimbalzato su una parete rigida.

«Tutto a posto, il video è stato cancellato.»

«Il video non c'è più.»

«È una cosa buona.»

Anita sente il bisogno di dirselo, come se fosse una sorella più grande ad aprirle gli occhi, a ricordarle che nelle ultime quarantotto ore quello è stato il suo desiderio più grande e si è avverato.

Potrebbe affacciarsi alla finestra e respirare l'aria fresca sotto le stelle.

Potrebbe andare in camera dei suoi, svegliarli e abbracciarli dicendo che va tutto bene, non si devono preoccupare per lei.

Potrebbe chiamare Clara e supplicarla di stare sveglia ad ascoltarla anche se sa che Clara dormirebbe già da un po' se non fosse che sta aspettando un suo ultimo messaggio.

Anita, se potesse, starebbe sveglia la notte e si alzerebbe a mezzogiorno, Clara invece si alza presto anche di domenica ma la sera si addormenta molto prima; quando sognano di andare a vivere insieme, dopo l'università, ridono pensando alle litigate che potrebbero fare per questi bioritmi opposti.

Il video non c'è più.

Anita potrebbe cambiare playlist e spararsi un pezzo rock di energia pura, ballare, cantare persino.

Potrebbe avere voglia di uscire dalla scatola.

Invece si sente imperturbabile.

Prova una sensazione di distacco dalle cose, dalla sua casa, da Yuri e Clara, da sé.

Il suo sguardo si posa sulla parete di fianco al letto, sui poster, le foto fissate con le puntine da disegno. Si intravedono appena nella penombra ma le conosce a memoria; sono foto di quando era piccola e la ritraggono con sua madre. Una mamma sorridente che la spinge sull'altalena, che la tiene per mano in cortile, che la coccola su una panca in montagna.

Non se la ricorda quella gita, non si ricorda di quei momenti al parco.

Sa quello che le hanno raccontato i nonni o suo padre, ma non le basta.

Vorrebbe avere il dono del teletrasporto ed essere di nuovo quella bimba, anche solo per pochi istanti. Persino del funerale ricorda poche cose, quella parola, incidente, e le scarpette di vernice nera, e la pioggia.

«Non sbiadire mamma.»

Ogni tanto ha dei flash, le pare di sentirne la voce mentre cantano andando a scuola, o mentre fanno il bagno insieme nella vasca, o mentre le legge un libricino sulla sdraio, al mare. Sono attimi, poi tutto tace.

Blu dorme, si sente solo il suo ronfare in quel silenzio indecifrabile.

46.
BATTUTE

Anita si infila le scarpe di corsa, Clara ha suonato il campanello con dieci minuti di anticipo.

– I calzini! – esclama suo padre.

– C'è giù Clara, devo andare – risponde lei infilando due libri e l'astuccio nello zaino.

– Ciao, Miki! – grida prendendo le chiavi.

– Non è possibile – dice Sergio quando Michela esce dal bagno. – Ti pare che debba uscire senza calzini?

Michela è ancora rattristata dalla sera prima. Non gli risponde, e torna in bagno a truccarsi.

– Faccio il caffè – dice lui.

– No, lo prendo sotto l'ufficio – risponde lei.

A volte sarebbe meglio litigare, dirsi le cose fino in

fondo, anche da adulti. Invece si è pigri, ci si rassegna a non capirsi, portandosi addosso un malessere che non svanisce mai velocemente come vorremmo. E il malessere rimane lì, tra mezze frasi e finte gentilezze.

– Se ti fermi a fare la spesa ricorda il latte, è quasi finito – aggiunge.

– Ok – risponde lui.

– Vado, ciao.

– Ciao.

Clara e Anita camminano abbracciate.

Anita si sente sollevata, la cupezza della sera prima sta lasciando spazio a un po' di leggerezza.

Ripete a Clara il resoconto di Yuri, e mentre pronuncia le frasi, racconta i dettagli. È come se dicesse a se stessa che è successo davvero.

La diffidenza della sera prima, inconsapevole, le aveva impedito di sorridere, l'aveva quasi angosciata tanta era la paura che non fosse vero. Ora, con Clara vicino e il vento autunnale che le scompiglia i capelli, stringe la sua amica a sé e alzando gli occhi al cielo azzurro riesce a dirsi che è un bel cielo.

– Che figo l'allenatore – dice Clara.

– Sì, un figo proprio.

– Anche Yuri, eh!

– Sì, Yuri è davvero speciale… ti ci vedrei insieme…

Clara alza le sopracciglia e la guarda con una smorfia ironica.

– Ah già… c'è Elton…

– Scema…

– Non mi hai più detto niente. Novità?

– Boh… non so… un po' sì, non lo capisco bene.

– Cioè?

– Cioè è diverso dagli altri ragazzi, non sai mai quello che pensa.

– Nessuno sa cosa pensano gli altri veramente…

– Sì… hai ragione… scusa…

– Lascia stare.

– Volevo dire che… parla poco, ma quando dice qualcosa viene fuori che sa tantissime cose. Mi ha mandato una foto di camera sua, per mostrarmi lo spazio ristretto dove dipinge, e c'erano pile di libri, e li ha letti quasi tutti!

– Cavolo! Abbiamo un piccolo genio!

– No, non volevo dire questo…

– No no, sono io che me li trovo deficienti!

Anita è sarcastica, Clara è mortificata ma anche irritata dalle frasi di Anita che sembrano metterle in bocca cose che non voleva dire.

Cose che non ha detto. Non voleva fare paragoni tra Elton e Ste, stava solo cercando di raccontarle quanto sia originale non solo nel suo modo di vestire, quanto sia piacevole parlare con lui, avere di fronte una persona che ti incuriosisce.

Ma Anita nonostante i sorrisi sprizza nervosismo da tutti i pori.

– Ecco Yuri! – esclama quando lo vede sul piazzale della stazione. Si stacca da Clara e gli corre incontro.

Lui se ne sta lì, sul lato del piazzale, con le gambe un po' divaricate e il corpo ingobbito sotto lo zaino. Non si dicono nemmeno "ciao". Anita lo abbraccia e si sforza di non mettersi a piangere lì, davanti a tutti, che poi sparlerebbero per giorni non avendo di meglio da fare.

Lui si lascia abbracciare un po' intimidito dal via vai intorno. Non gli dispiacerebbe se pensassero che Anita è la sua ragazza, non gli dispiacerebbe se lo fosse, ma non glielo dirà mai.

Immagina le battutine stupide che gli faranno, lo sa. Le solite.

Vorrebbe fregarsene ma non ne è capace. Sa che non bisognerebbe dare corda alle prese in giro, sa tutto della teoria ma nella pratica gli importa eccome. Gli importa tutti i giorni, ovunque. Gli importa cosa gli diranno i suoi amici in treno, dei loro commenti che, lo sa, avranno sicuramente a che fare con il sesso: "Te la sei fatta?", "Non te la farai mai!", "È troppo figa per te!".

Gli importa di cosa succederà ai prossimi allenamenti ora che per tutti è lo spione. Filo è uno stronzo, Tappo è un pusillanime, eppure gli importa anche di loro.

Anita lo stringe, lui non ricambia l'abbraccio con lo stesso slancio, ma lei gli è così riconoscente che nemmeno se ne accorge. Lo stringe e pensa: «È l'amico migliore del mondo; ha parlato con Giò, e non deve essere stato facile, si è messo contro la squadra e questo gli complicherà la vita, ma lo ha fatto lo stesso, per me».

Lo stringe così forte che lui non ha il coraggio di staccarsi, ma Clara avvicinandosi gli ha letto l'imbarazzo negli occhi e gli viene in aiuto.

– Sei stato grande, Yuri!

– L'idea è stata tua! – risponde lui spostandosi verso di lei e costringendo Anita a ritrarsi, scocciata con Clara per aver interrotto quel momento.

Il rumore del treno viene loro in soccorso.

Anita e Clara prendono posto sui sedili sudici.

Yuri invece raggiunge un gruppo di amici, non vuole farsi vedere troppo appiccicato ad Anita.

47.
PANICO

Ste vuole riuscire a parlarle.

Il video è sparito dalla chat e, anche se Anita lo saprà già sicuramente, lui ha bisogno di dirglielo di persona. Ha bisogno di dirle che ce l'ha messa tutta, che avrebbe parlato anche lui con Giò se Yuri non lo avesse preceduto, perché ci stava pensando davvero.

È vero. Si vergognava ma ci stava pensando.

La sera prima aveva scritto dei messaggi WhatsApp per Anita, mai inviati.

Aveva deciso di chiamarla stamane, appena sveglio, ma poi gli era mancato il coraggio.

Nella chat *Campioni* sono tutti arrabbiati. Con Yuri soprattutto, ma anche con lui.

Di fronte a Giò sono stati zitti e hanno obbedito, ma poi si sono scatenati con insulti e parolacce.

Quello che conta, quello che gli importa, è che dopo nessuno ha scritto di aver mentito, di avere in realtà inviato il video a qualcun altro. L'hanno mostrato a dei compagni di scuola, ma senza condividerlo.

«Il video non c'è più» si ripete da ieri sera, e niente video, basta problemi. Anita non starà più male, lui non le avrà rovinato la vita.

Non può sapere che le cose sono un po' più complicate di così, ma questo è il suo stato d'animo: un video che non c'è in fondo non esiste. Prova un fremito di soddisfazione pensando di poter guardare in faccia Anita senza sentirsi una merda.

Quando il treno rallenta per la loro fermata, saluta gli amici e si posiziona sul predellino, pronto a scendere, individuare Anita nella marea di felpe e zaini e raggiungerla.

Eccola, la vede, con le sue sneakers turchesi e la felpa grigia che le arriva quasi al ginocchio. Accelera il passo, mentre accelera anche il battito del suo cuore.

Anita cammina a fianco di Clara e a un altro paio di ragazze, Yuri ha deciso di rimanere per i fatti suoi.

Quando è a pochi passi da lei, Ste la chiama: – Ani!

Anita si paralizza. Non si gira, rimane ferma mentre le altre, qualche passo più avanti, la guardano interrogative. Clara invece si gira verso Ste, lo fissa dritto negli occhi, perché ha capito tutto.

Gli si avvicina rapida, facendosi scudo di Anita, ancora immobile. – Che cavolo vuoi?

– Voglio solo parlarle.

– Pessima idea, sparisci!

– Dai…

– Vai via! –. È un grido sussurrato il suo.

– L'hanno cancellato, cazzo!

– VAI-VIA-CAZZO –. Clara è furibonda.

Lui si scosta e si allontana, ma le sorpassa, di lato, abbastanza vicino per vedere che Anita sta piangendo.

Apre le braccia sconfortato, confuso. Non si aspettava niente di tutto questo.

Voleva solo parlare.

Ora lei sta piangendo tra le braccia di Clara, con le altre due ragazze che la abbracciano da dietro senza capirci niente.

Una tizia passando dice: – L'avrà mollata.

Clara la sente, si gira verso di lei. – Fatti i cazzi tuoi!

Non dice mai parolacce Clara, le detesta, ma oggi non fa sconti a nessuno.

Poi guarda Anita, le prende il volto tra le mani. – Basta piangere, è un coglione.

Riprendono il cammino. Al crocevia Clara le dice: – Ci vediamo dopo.

E Anita comincia a tremare. Trema, pallida, senza dire niente.

– Che ha?

– Che succede?

Chiedono le due ragazze a Clara.

– Niente, andate… ci penso io.

Loro guardano l'ora, sono già le otto passate, tra poco suona la campanella.

– Noi andiamo allora…

Clara annuisce, Anita non dice niente.

Le tremano le mani, le braccia. Ha il respiro affannoso.

Clara ha paura. Che vuol dire tremare?

Anita si apre la felpa, si sente soffocare.

– Chiama Michela – dice Clara.

Anita scuote la testa. Nessuno deve sapere, nessuno.

Clara insiste.

– La devi chiamare, se non lo fai, io chiamo il 118.

Anita annuisce. Anche lei ha paura, non si è mai sentita così.

Prende in mano il telefono ma le tremano le dita.

Lo porge a Clara, ci pensa lei.

Anita sta sudando ora.

Clara si guarda intorno. Sono rimaste soltanto loro all'angolo della strada.

Tutti saranno già a scuola, tutti si dovranno preoccupare di un'interrogazione, di giustificarsi per non aver consegnato una tavola, di raccontare una cosa a un'amica.

Lei invece sta aggrappata agli squilli del telefono mentre Anita sembra pietrificata e ha lo sguardo fisso nel vuoto.

«Rispondi cazzo, rispondi.»

48.

ANIMA

La dottoressa è un po' brusca nei modi; la sta visitando su un lettino.

Michela è al suo fianco, in piedi. Anita è in mutande e reggiseno, ha un po' freddo.

Mentre le tasta la pancia la dottoressa si ferma e la guarda negli occhi interrogativa: – Non è che sei incinta?

Anita arrossisce, scuote la testa e i suoi occhi chiedono a Michela di salvarla.

– Ha quindici anni! – esclama Michela, risentita per quella domanda così delicata fatta all'improvviso.

– Ne vedo di ogni – commenta la dottoressa.

Lo dice in modo stizzito, come se ce l'avesse con

tutte le ragazze del mondo, battendo un martelletto sulle ginocchia di Anita, poco reattive.

Lo choc è passato durante la lunga attesa nella sala d'aspetto, e ora Anita si sente una bambola di pezza.

La dottoressa dice: – Vestiti – e si mette al computer.

Michela chiede qualcosa, ma lei continua a scrivere silenziosamente e poi stampa il foglio di dimissioni; senza guardare Anita, lo porge a Michela dicendole: – Consiglio vivamente terapia psicologica, arrivederci –. E riabbassa la testa sulla scrivania.

"Sono io la paziente" vorrebbe dirle Anita, ma si gira ed esce invisibile mentre Michela mormora: – Cafona.

Fuori ad aspettarle c'è Clara che ha perso la mattinata di scuola e si sta chiedendo cosa dire a suo padre per farsi firmare la giustificazione.

– Casomai fammi chiamare, vedrai che non si arrabbierà – le dice Michela quando scende dall'auto davanti a casa.

– Grazie – risponde Clara rincuorata.

Un bacio ad Anita e la promessa di chiamarla nel tardo pomeriggio, dopo che avrà dormito per riprendere le forze.

Sul foglio c'è scritto "attacco di panico", il nome di qualche medicina e il consiglio di seguire una terapia psicologica. Anita lo tiene tra le mani fissandolo come un bigliettino da ripassare prima di una verifica.

Michela glielo prende e lo posa sul comodino.

Sono sdraiate entrambe sul letto di Anita, a pancia in su.

– Mi manderai dalla psicologa?

– Io non ti mando da nessuna parte, Ani. Se ci vai lo fai per te.

– Dovrei dirle perché sono triste?

– Sei triste?

Anita annuisce.

– Non vuoi dirmi perché?

Anita scuote la testa.

– Pensi che lo direi a tuo padre?

– No, non è per questo, è che non posso. Ho fatto una cosa stupida.

– Tutti facciamo cose stupide.

– Io di più, un po' più di stupida.

Rimangono in silenzio.

Michela vuole misurare le parole, vuole aiutarla, vuole rispettarla. Vuole proteggerla ma non sa come. Quando Clara le ha telefonato stava guidando verso l'ufficio, era ferma a un semaforo; vedendo sul telefono il nome di Anita si era detta: «Avrà dimenticato le chiavi, un quaderno, vorrà chiedermi di farle una ricarica». Invece la voce era quella di Clara che diceva agitata: «Anita sta male». Il semaforo era diventato verde, qualcuno suonava ma a lei si era fermato il cuore.

La freccia, l'inversione a U pericolosa, guidare come non si fa per cinque interminabili chilometri.

La pensava a scuola e invece l'aveva ritrovata a terra appoggiata a un muro poco lontana dalla stazione, in maglietta nell'aria fredda del mattino e con il volto stravolto.

La sua Anita era in preda a qualcosa di inspiegabile, e non c'è cosa peggiore che non capire cosa stia succedendo. Respirava a fatica, non riusciva a parlare. Clara rispondeva "non lo so", abbassando lo sguardo. Anche in sala d'attesa non era riuscita a sapere molto di più.

Solo dopo la visita al pronto soccorso si era tranquillizzata e aveva avvisato Sergio.

Ora ha bisogno di capire. La dottoressa ha escluso la violenza sessuale, le è bastato uno sguardo sotto gli slip per capire che non si trattava di quello.

Non è incinta. Non ha problemi a scuola, i primi voti dell'anno sono ottimi, sembra trovarsi bene anche se non ha più Clara al suo fianco. E poi Anita non era ancora entrata a scuola, non può essere accaduto niente lì.

«Se nessuno le ha fatto del male,» si chiede Michela «cosa avrà ridotto Anita in quello stato?»

Si volta verso di lei, per farle una carezza.

Anita si è addormentata, il sedativo ha fatto effetto.

Michela la guarda con una tenerezza che sembra avvolgerle entrambe.

Quando dorme, Anita le sembra ancora la bimba a cui ha dovuto presentarsi in punta di piedi.

Ma non è più una bimba, è una piccola donna che non sa come aiutare.

La copre con il plaid, si alza e chiude le persiane. Va in salotto e si stende sul divano.

Tra la lunga attesa, la visita, la sosta in farmacia, sono quasi le due.

Michela si è presa la giornata intera.

«Forse dovrei chiamare in ufficio,» pensa «per dire che va tutto bene.»

Non lo fa, non ne ha voglia.

Guarda il soffitto.

Anita è viva. «Anita sta fisicamente benissimo» così ha detto la dottoressa.

Ma Michela sa bene che la cosa più difficile è curare l'anima.

49.
REWIND

Clara rientra convinta di trovare la casa vuota.

Invece suo padre è stranamente lì, e quando la vede la fissa con uno stupore esagerato.

– Che ci fai qui?

– Anita è stata male, l'ho accompagnata in pronto soccorso con Michela.

Clara posa lo zaino a terra e si avvicina al bagno per lavarsi le mani, ma lui la blocca.

– No! Vieni in cucina. Aspetta qui, non muoverti, intanto mangia – le dice deciso chiudendo la porta.

Clara non capisce, teme un rimprovero ma non ne è sicura.

Sono circa quindici minuti che è chiusa in cucina e suo padre ogni tanto urla: – Ancora un attimo!

Ha sgranocchiato dei taralli con il formaggio, si è fatta due uova alla coque.

D'improvviso realizza che suo padre sta parlando con qualcuno, ma non sa con chi.

Non ci sarà mica un'altra donna in casa?

Questo pensiero la trafigge. Sa che suo padre ha tutto il diritto di frequentare un'altra donna, sa che forse lo sta già facendo perché a volte non torna per cena, ma il pensiero che in camera dei suoi ci sia un'estranea è una pugnalata.

Non ce la fa ad aspettare. Esce dalla cucina e si scontra con suo padre, che sta congedando due tizi all'ingresso.

– Finito! – le dice con un sorriso sornione. – Puoi entrare in camera tua.

Clara si precipita nella sua stanza e non riesce a contenere un urlo di gioia.

Vicino alla finestra, appoggiata al muro, c'è una nuova scrivania, lunga due metri e profonda un metro, con l'inclinazione regolabile e due profondi cassetti per il materiale da pittrice.

– Doveva essere una sorpresa, ma proprio oggi hai saltato scuola? – sorride suo padre, sulla soglia.

– Ma…? – Clara lo guarda interrogativa.

– Perdonami se non ti ho sostenuto, avrei dovuto fidarmi di te.

Clara lo abbraccia.

È un regalo, un bellissimo regalo per farsi perdonare di averla osteggiata nel cambio scuola.

Vedere rientrare Clara ogni giorno più entusiasta, osservarla mentre passa i pomeriggi tra libri d'arte e fogli da disegno, andare ai primi colloqui e sentirsi dire dai prof del talento e della creatività che Clara già esprime alla sua età, gli ha fatto comprendere quanto sciocche fossero le sue motivazioni.

A volte ai genitori serve un po' di tempo per capire, pretendono che tu ti fidi di loro ma sono i primi a non fidarsi.

– Ora devo tornare in ufficio, – dice lui – ho preso un permesso ma il dovere chiama.

Clara vorrebbe telefonare ad Anita ma non vuole disturbarla. Posta le foto su Instagram e arrivano subito un sacco di like.

Chiama Elton, suscitando la sua invidia e una proposta che la lascia senza fiato: – Potremmo disegnarci in due.

– Oh… ma disegnare cosa? – tentenna lei presa dall'emozione.

– Non lo so... una tigre a inchiostro, non ti piacciono gli animali?

– Wow, sì.

– Ho dei fogli grandi pesanti, li posso portare.

Clara sta già cercando online immagini di tigri per esercitarsi a ricopiare, non vuole fare una pessima figura quando disegnerà con lui.

– Ma quando verresti?

– Anche dopo se vuoi.

– No... oggi no...

– Anita...?

– Sì, ieri sera Yuri ha parlato con l'allenatore, un tipo pazzesco, ha fatto cancellare il video a tutti, ma lei sta ancora malissimo, anzi sta peggio, siamo finite al pronto soccorso.

– Al pronto soccorso?

– Sì, ora sta bene, ma dopo danza vado da lei.

– Ok, facciamo un altro giorno allora. Comunque davvero figo il tuo tavolo. Io disegno a terra in camera mia.

– Con le ginocchiere? – chiede lei scherzando.

– Ah ah, mi ci vorrebbero sì.

– Hai mai giocato a pallavolo?

– No, mai fatto sport.

– Sul serio?

– Sì, perché?

– Be' è strano, i maschi fanno sempre sport.

– Ancora? Non siamo tutti uguali.

– Vabbè in generale.

– Io no. Odio fare fatica.

– Ok. Capito. Tu non sei normale!

– Che vuol dire normale?

Clara si fa seria. Il tono di Elton non sembra più scherzoso; lui a volte è pignolo con le parole, lei non ci dà tanto peso ma ora cerca di rimediare. – Normale vuol dire normale… cioè…

– Cioè uguale a tutti gli altri?

– No… cioè sì…

Clara è in agitazione, sa di aver detto una cosa stupida e dire cose stupide è l'ultima cosa che vuole fare, soprattutto con Elton.

– Ti ho fregato – risponde lui ridendo.

Non le piace sentirsi in soggezione, eppure quando lui è contrariato le sale l'ansia, e non sa perché. Vorrebbe cancellare gli ultimi due minuti. Perché le è venuto in mente di dire quella frase? Perché le è uscito quell'aggettivo, "normale", che non significa niente per le persone? Sua madre pochi giorni fa, parlandole della separazione, le ha detto che sarebbe comodo poter fare con le proprie vite quello che si fa in sala di montaggio con un film, rivedi e reinterpreti con più attenzione dei dettagli, tagli i pezzi che non ti piacciono. Invece nella vita nessun tasto rewind, la vita si vive e basta, e ogni momento, subito dopo, è già passato.

«E se hai fatto una figura di merda l'hai fatta e basta» pensa Clara, sempre troppo severa con se stessa.

– Ma tu hai capito quella cosa che ha spiegato ieri la prof su Giotto? – le chiede lui. – Io non ci ho capito niente.

E così, parlando dei grandi maestri del Trecento, Clara recupera terreno, sfoggia la sua eloquenza e ritrova la sua sicurezza.

50.
FERITE

– Ti va uno yogurt? – chiede Michela.

– No.

– Devi mangiare qualcosa, non hai pranzato.

– No.

Arriva un altro messaggio di Clara: Parla con Miki.

Basta! le risponde Anita.

Si sono appena salutate. Hanno parlato per più di un'ora in camera di Anita, fino quasi a litigare. Lei non vuole raccontare a papà e Michela quel che è successo, punto. Inutile che Clara insista, diventa solo stressante.

Anita sbuffa, infila il telefono in tasca e accende la tele.

– Ti faccio vedere una cosa – dice Michela avvicinandosi.

Si abbassa i jeans e si scopre l'anca.

Sotto il cotone degli slip c'è una striscia rosa, leggermente sporgente, di circa dieci o dodici centimetri.

– La vedi questa cicatrice?

– Che hai fatto? – chiede Anita allibita.

– Sono caduta da cavallo quando avevo dodici anni.

– Cavolo! Chissà che male!

– Sì, mi sono fatta molto male. Perdevo molto sangue.

Anita la guarda dubbiosa, non capisce perché le sta facendo vedere quella cicatrice proprio adesso.

– Sai perché questa ferita è guarita?

– Perché ti hanno dato dei punti... penso.

– I punti sono venuti dopo, subito me l'hanno disinfettata.

Anita la ascolta interrogativa.

– Quella roba bruciava e io trattai malissimo il mio istruttore perché voleva pulire la ferita. Volevo solo che mi lasciasse in pace, ma se non l'avesse disinfettata bene, e subito, non si sarebbe mai rimarginata in questo modo. Vedi, – continua premendovi sopra le dita – se tocco non mi fa più male.

Anita comincia a capire che Michela vuole parlare di lei. Della sua ferita. Quella che le ha mandato in tachicardia il cuore, tolto la forza nelle gambe, asciugato la saliva in gola.

Michela prosegue, lentamente, riallacciandosi i jeans.

– Le ferite si curano, anche quelle del cuore, altrimenti ti faranno male un po' ogni giorno.

– Col disinfettante? – chiede Anita con il magone in gola.

– Il disinfettante siamo noi due, qui, adesso. Anche solo per piangere. E se non ti vado bene io, ti accompagno da una persona che non ti conosce ma saprà ascoltarti, senza giudicare.

Anita tentenna, vorrebbe alzarsi, scappare via, ma è trattenuta da un desiderio parallelo di affidarsi alle braccia di Michela per non sentire su di sé tutto quel peso insopportabile.

Dice solo: – Ste…

E poi comincia a piangere.

Michela se la stringe al petto, le accarezza i capelli.

– Piangi, le lacrime un po' di dolore se lo portano via. Il disinfettante sono le parole con cui puoi dire, raccontare – dice.

Era tanto che non si abbracciavano. Anita è ormai più alta di lei e a volte ci dimentichiamo di quanto gli abbracci ci facciano bene anche da grandi.

Anita si solleva singhiozzando.

– Prometti che non lo dici a papà.

– Prometto.

Anita tira su con il naso e poi dice: – Ste mi ha fatto un video.

51.

INSIEME

Quando Sergio rincasa le trova sul divano, accovacciate sotto il plaid.

Blu gli va incontro, gli gironzola qualche istante intorno ai piedi, poi torna da Anita.

– Comode comode! – dice lui scherzando.

Si avvicina a Michela sussurrandole scusa all'orecchio.

Lei non si ritrae, ci sarà un momento per chiarire, più in là. Di fronte alle cose più grandi possiamo rimandare quelle più piccole, possiamo metterle in stand by.

Lui si siede a fianco della figlia, le dà un bacio e la stringe a sé. – Cosa mi combini?

Michela mantiene la promessa e Anita gli parla di un'interrogazione che si sono inventate.

«Un passo alla volta» le ha detto Michela. «Le cose si affrontano insieme, insieme a chi ti è caro, a chi si prende cura di te, e quando ti sentirai pronta glielo dirai tu.»

Mentre Anita racconta di una prof che la mette in soggezione, Michela pensa che sarà importante rivolgersi alla Polizia Postale, accertarsi che il video non sia finito in rete, pensare a un'alternativa sportiva per Anita che comprensibilmente vuole lasciare la squadra; cercare un supporto psicologico che la aiuti a elaborare quanto accaduto, perché questa cosa si chiama violenza e come tale bisogna prendersene cura; non è una delusione d'amore, non può farcela da sola, per quanto forte, nessuna di noi può, a quindici anni o a settanta, non fa differenza. Un video privato che va in pasto al mondo è una violenza profonda, è un cono di piombo che toglie il sonno e chiude lo stomaco.

La sua testa va a mille ma ora bisogna solo pensare a tranquillizzare Anita. – Ordiniamo cinese? – propone.

– Sì – risponde Anita. – Faccio io.

Prende il telefono e apre la app del delivery.

Era tanto che non stava sul divano in mezzo a loro, come quando guardavano i film di Walt Disney.

È bello sentirsi ancora piccole qualche volta, e non c'è niente di male a esserlo, da qualche parte, ancora un po'.

52.
TUTÙ

Giò se ne è appena andato. Era molto dispiaciuto, ma ha capito.

– È stato davvero gentile a venire a casa – dice Michela.

– Sì, – risponde Anita – ma non cambio idea.

– Certo, lo capisco. Magari potremmo pensare a un'altra squadra.

– Non ci sono squadre qui vicino.

– Possiamo pensare di spostarci.

– E come fate col lavoro?

– Intanto cominciamo a informarci, poi valutiamo.

– Non voglio più giocare, non fa niente.

– Come non fa niente?

– Sì, non importa. Magari mi iscrivo a danza con Clara.

Michela smette di sistemare il tavolino del salotto dove ha servito il caffè a Giò in questo sabato pomeriggio piovoso.

Si risiede in poltrona e guarda Anita con convinzione: – Tu a danza? Col tutù e i saltelli sulle punte? Ma ti vedi?

– Non lo pensi veramente! – aggiunge suo padre.

– Non penso niente – risponde fredda Anita alzandosi per tornare in camera.

– Aspetta! – la ferma lui.

Anita gli ha raccontato tutto, insieme a Michela, qualche giorno dopo.

Si è messo a piangere insieme a lei, poi si è fatto promettere di non nascondergli più nulla, perché: «Non sono qui solo per romperti le scatole sui calzini, ma per proteggerti».

A fare la denuncia l'ha accompagnata lui e in macchina, mentre andavano al commissariato, continuava a ripeterle che doveva stare tranquilla.

«Non sei tu che ti devi vergognare ma quel deficiente» le ha ricordato prima di scendere dall'auto.

Anita si risiede.

– Ci informiamo, vediamo gli orari, valutiamo

le cose per bene, e poi prendiamo una decisione di buon senso.

– E se bisogna fare un'ora di macchina ogni volta? – provoca Anita.

– Un po' scomodo... – commenta lui – ma non impossibile.

Michela si sporge in avanti con il corpo, come se volesse avvicinarsi a lei il più possibile. – Ci proviamo?

Un'altra piscina, altre facce, altra gente.

Sono passate due settimane da quando è successo. Anita aveva giurato di non mettere più un piede in acqua per tutta la vita, ma da qualche parte della pancia già le mancano le vasche a stile, i tiri in porta dalla boa, le sfide a piegamenti, il fiato corto quando arrivi a fine partita sfinita ma felice.

– Ok, proviamo.

53.
FIABE

Anita sta preparando dei toast.

Blu gironzola intorno a loro miagolando.

Sono solo le cinque del pomeriggio e già vorrebbe delle crocchette.

– Dalle qualcosa – dice Clara.

– Se mangia troppo poi vomita – risponde Anita.

Quando si siedono in salotto per mangiare, Blu sale sul divano e si esibisce con il suo miagolio supplichevole, come se non mangiasse da giorni. Anita non la considera. Ha altro per la testa.

– Continuo a pensare a cosa sarebbe successo se il video fosse arrivato a scuola.

– Ma non è arrivato, non ci pensare più.

– Non ci riesco… Blu, smettila, non ti do niente.

– Basta pensare al video! È passato un mese ormai, è sicuro, non c'è più. Te lo hanno detto anche quelli della Polizia, no?

– Sì, lo so… ma io ci penso in continuazione. Come si fa a essere sicuri al cento per cento?

Clara non sa che dire, il cento per cento non lascia spazio al dubbio, e in verità una piccola dose di diffidenza è rimasta addosso anche a lei.

– Sai cosa pensavo ieri sera? – dice Anita.

– Cosa?

– Che Ste è anche peggio di Filo.

– Cioè?

– Perché da uno che fa sempre lo stronzo come Filo ti aspetti che sia stronzo, da uno come Ste no.

– Vero… e poi Filo la foto che ti aveva fatto l'ha mandata solo a Ste, non nella chat.

– Sì… sono stata una cretina.

– Non sei una cretina. Hai fatto una cosa cretina, è diverso.

– Insomma.

– Anche le ragazze intelligenti fanno cose cretine per amore. Hai presente Arianna, quella del labirinto?

– Quale labirinto?

– Una cosa di epica. Una storia assurda.

– Cioè?

– Cioè, questa Arianna si innamora di un tipo che deve entrare in un labirinto. Lei ha un'idea geniale, gli dà un gomitolo da srotolare nel labirinto, per non perdersi, così lo salva.

– Sveglia.

– Sì, molto. Ma anche se è sveglia diventa scema per amore.

– Cioè?

– Cioè lei gli salva la vita e parte con lui per Atene, anche se sa che ad Atene l'avrebbero odiata perché era la sorellastra di un mostro che si mangiava i bambini ateniesi.

– Che schifo…

– Sì, una cosa orribile, e Teseo, il suo tipo, dopo che lei lo ha salvato, siccome non la vuole sposare, l'abbandona da sola su un'isola, di notte.

– Che merda!

– Stronzissimo, sì.

– E che c'entro io?

– C'entra che non sei cretina. Lei aveva avuto l'idea geniale, ma quando ci innamoriamo noi femmine diventiamo cretine.

– I maschi no?

– Secondo te?

– Ok, no. E perché i maschi no?

– Perché siamo noi che sogniamo il principe azzurro e cose del genere. Nelle favole i maschi combattono, fanno cose fighissime, noi dormiamo e aspettiamo che un bacio ci svegli.

Arianna scoppia a ridere.

– O ci facciamo belle per andare a un ballo.

– Esatto. Io e Elton un giorno scriveremo fiabe illustrate dove le ragazze vivono avventure fantastiche.

– Wow! Tipo?

– Tipo Mulan, Merida, cose così.

– Oh, figo. Tipo Daenerys che cavalca draghi?

– Sì ma le nostre eroine non saranno malvagie. Combatteranno mostri e salveranno popoli.

– Wow! Maaa... quand'è che vi bacerete?

– E che ne so... boh... magari resteremo solo amici... boh. No, credo che succederà!

Clara sa che succederà, non può non succedere. Sente che questo legame con Elton è speciale, si sente attratta da lui sempre di più, come una calamita alla quale avvicinarsi lentamente.

Le basta pensarlo per sentirsi felice, quando il nome di Elton illumina il telefono, è il mondo che si accende.

È venuto da lei un paio di pomeriggi.

Hanno disegnato tigri e palme con la china.

Affiancati, al tavolo, ridendo per una scemenza, capendosi al volo su tutto.

Qualcosa di indefinibile e forte li fa entrare in contatto nel profondo con una sola parola, un gesto, un segno.

– E quando succederà? – chiede Anita.

Clara sorride. – Boh!

– Ci sarai sempre per me, vero? – chiede Anita.

Clara annuisce, le stringe la mano.

Poi, insieme, accarezzano Blu.

54.
PAPAVERI

SEI MESI DOPO

Elton e Clara sistemano i cavalletti.

Il campo di fronte a loro è una immensa macchia azzurra e rossa di fiordalisi e papaveri. Sullo sfondo il verde delle colline, sopra di loro il cielo terso.

La scuola è quasi finita e il prof ha assegnato, come ultimo lavoro da consegnare, un dipinto dal titolo *Natura, tecnica a scelta*.

«Viviamo immersi nella bellezza,» ha detto «dobbiamo accorgercene e contemplarla.»

Clara si sistema sullo sgabello, prepara le tempere aggrottando le sopracciglia, concentrata.

– Il prof ha ragione, – dice – che roba pazzesca.

Elton le sorride. Se lo vedessero i suoi, che gli rimproverano di avere sempre il muso, non lo riconoscerebbero. Ma questo è l'effetto che fa l'amore, è un po' come un campo di papaveri e fiordalisi, è una bellezza contagiosa.

Se sai guardarla la natura ti pacifica, ti dice: «Ehi, non preoccuparti di niente, senti quanta gioia c'è dentro di te, ascoltala».

L'amore ti dice: «Ehi, sei perfetto, sei perfetta, è tutto perfetto».

Elton si avvicina per baciarla.

– Dopo! – dice Clara allontanandolo scherzosamente. – Ora lavoriamo!

Lui obbedisce, sa che ha ragione, quando cominciano a baciarsi non riescono più a staccarsi.

Lui vive in balia delle emozioni, lei è capace di darsi degli obiettivi e rispettarli.

Sistema il proprio sgabello a un paio di metri da lei, rimane qualche istante con il pennello sospeso nell'aria e poi si mette all'opera.

I loro pennelli abbozzano macchie colorate, lei si muove più decisa, lui più delicato.

Lui sa interpretare bene i raggi del sole, le sfumature di luce, lei sembra carpire dalle corolle dei fiori una forza fino a quel momento nascosta a un animo distratto.

I telefoni negli zaini sono in modalità silenziosa.

Il mondo resta fuori.

Il mondo è lì davanti. Il mondo sono loro.

55.
RESPIRO

Anita prende il borsone e dice: – Io vado, ci sentiamo.

– Non vieni a festeggiare? – le chiede una compagna.

– No, lo sai...

– Ma abbiamo vinto il campionato... il campionato, cavolo!

– Lo so! – risponde lei, sorridendo e facendo ciao con la mano mentre esce dallo spogliatoio.

Ancora non se la sente, ma prima o poi riuscirà a fare casino, a liberarsi da quella paura che le sale ancora, ogni tanto, quando è in mezzo alla gente.

Ci resta male quando non riesce a fare questo o quello, la psicologa l'ha rincuorata durante l'ultima seduta, le ha detto che ci vuole ancora un po' di tempo e la pazienza che Anita non ha.

La psicologa si chiama Margherita e porta i capelli legati in una lunga coda di cavallo grigia e bianca. Fin dal primo incontro Anita ha capito cosa vuol dire pregiudizio, il suo. Un giudizio a priori, senza aver fatto esperienza delle cose.

Ci era andata per far contenta papà, Michela, Clara, Yuri, insomma per tranquillizzare tutti quelli che si preoccupavano per lei.

Mai avrebbe pensato di dispiacersi alla fine del tempo a disposizione, quei cinquantacinque minuti alle quattro di ogni giovedì pomeriggio. Mai avrebbe pensato di non vedere l'ora di tornarci, di considerarlo un piccolo tesoro, il momento in cui sentirsi in pace. Un rifugio, un luogo diverso da tutti, protetto.

Ha imparato a dare un nome alle cose e che quello che le è successo l'anno scorso si chiama "trauma", e bisogna curarlo come si cura la dermatite o una distorsione al polso. Che il trauma non si vede, ma c'è. Aveva ragione Michela che non è una psicologa ma sa un sacco di cose e ha insistito tanto per convincerla a provare. Provare la terapia, provare a cambiare squadra, provare a guardare avanti senza vergogna perché, le aveva detto suo padre: «Non sei tu a doverti vergognare per quello che ti hanno fatto».

Margherita le ha spiegato che quando ti fidi di qualcuno che poi ti fa del male fai fatica a fidarti di chiunque altro, delle persone che conosci e di quelle che non conosci, e che a mano a mano che la ferita guarisce l'ansia diminuisce, e si ricomincia a stare bene, a prendere un mezzo pubblico, a entrare in una pizzeria affollata senza sentirsi in pericolo.

Che lei non ha niente di sbagliato, la sua ferita invisibile sta guarendo e non deve preoccuparsi di quello che non riesce a fare ma pensare ai passi importanti che ha già fatto. Anita ci prova.

È entrata in una nuova squadra, con persone nuove che scambiano per semplice timidezza la sua poca loquacità e la adorano per quanto è brava e partita dopo partita li ha portati alla vittoria.

Ha ripreso ad andare a fare la spesa con suo padre al supermercato, cosa impossibile fino a poche settimane fa.

Ha ricominciato ad andare a scuola in treno, dopo mesi in cui Michela e Sergio si sono alternati ad accompagnarla così che non rischiasse di incontrare Ste.

Lui non si sarebbe mai avvicinato. I suoi genitori si sono molto arrabbiati quando hanno saputo, quando si sono ritrovati di fronte Michela e Sergio, quando gli è stata recapitata la denuncia; ma non solo i discorsi dell'avvocato e i moniti dei suoi lo hanno aiutato a capire la gravità di quello che ha fatto. Sapere, anche da Yuri, quanti problemi avesse causato ad Anita lo ha fatto stare davvero male e l'ultima cosa che vuole è fargliene ancora.

Ha pianto per essere stato così impulsivo e rabbioso, e per aver fatto una cosa così orribile. Ha pianto perché lei era la cosa più bella che gli era capitata e ha rovinato tutto come un coglione. Ha pianto pensando a lei che piangeva. Sa bene che le lacrime non cancellano le azioni né le conseguenze, che non potrà più parlarle nemmeno per supplicare un perdono che non ha senso chiedere.

«Troppo comodo, ti devi tenere questo peso» gli ha risposto Clara quando le ha chiesto di riportare ad Anita il suo pentimento.

Clara è stata dura, ma anche se ci è rimasto malissimo, ha capito con il tempo che pure chiederle perdono sarebbe un atto egoista.

Ieri in stazione l'ha vista da lontano, si è girato all'improvviso dandole le spalle e ha scelto di salire sul vagone più lontano.

Anita lo aveva già visto, ma è riuscita a reagire bene. Nessuna crisi di panico, nessuna voglia improvvisa di piangere. Soltanto il bisogno di fare un respiro profondo, ricordarsi di essere Anita, stringere più forte la mano di Clara e di Yuri, sempre con lei.

All'uscita della piscina Michela, Sergio e altri genitori applaudono!

Qualcuno grida: "Bravissima", perché Anita ha segnato due gol e un rigore, è stata strepitosa.

Lei arrossisce, le dà sempre un po' fastidio il baccano degli adulti intorno.

– Che ne dite di una pizza noi tre? A quest'ora non ci sarà tanta gente – propone Sergio appena salgono in auto.

– Ok – dice Anita.

Non sono nemmeno le sette ma ha già fame. E sì, a quest'ora non ci sarà tanta gente.

«Si può fare» pensa.

Michela va su Google per vedere che cosa c'è in zona, mentre Anita risponde al telefono, è Clara.

Anita aveva provato e riprovato inutilmente a chiamarla appena rientrata in spogliatoio, prima e dopo le premiazioni, impaziente di raccontarle della partita.

– Abbiamo vintoooooo!

– La mia campionessaaaaaa!

– Sìiiiiiiì!

Anita inizia a raccontare di passaggi, palle impossibili, falli, rigori, e l'emozione di prendere in mano la coppa, sudata, meritata. La sua rivincita.

Era tanto che non sentiva la felicità addosso. Sulla pelle.

È proprio così: un passo alla volta. La vita riprende, e lei si riprende la vita.

– Ti ho chiamato dieci volte prima – dice abbassando la voce. – Che stavate facendo…?

– Ma va, scema! – risponde Clara. – Stavamo dipingendo. Elton conosce un posto bellissimo, pieno di fiori. Ti ci devo portare.

LUNA

A tu per tu con

CRISTINA OBBER

Ciao Cristina, hai tempo per qualche domanda?

Certo, tutte quelle che vuoi.

La protagonista ti ricorda qualcuno di reale?

In Anita rivedo tante ragazze che ho incontrato nelle scuole di tutta Italia, intelligenti e piene di forza, ma anche deluse per non ricevere sempre il rispetto che meritano; e ci sono ferite che fanno fatica a guarire.

E la dedica iniziale ad Anita e Clara che significato ha?

Anita e Clara sono due ragazze di 13 e 14 anni, vivono in regioni diverse, sono figlie di mie amiche. Prima di scrivere il libro mi sono confrontata con loro sull'amicizia, l'amore, il sexting. Le ammiro molto entrambe e il loro punto di vista è stato prezioso per costruire la storia.

Perché hai scritto questo libro?

Perché è importante fermarsi a pensare, tra sé e sé e tra amiche, sulla possibilità che certe cose accadano. Le cose non succedono sempre agli altri. Se non siamo preparate ci possono fare molto male e ci possono far sentire di avere responsabilità che invece non abbiamo. È importante sapere che non è mai colpa tua se ti fanno una cosa del genere, e serve sapere a chi chiedere aiuto.

Cosa deve cambiare nel mondo reale perché persone come Anita vivano meglio?

Deve cambiare la cultura. Mi piacerebbe che le mie lettrici parlassero di questa storia con i loro amici maschi, per aiutarli a capire cosa vuol dire rispetto. Dei "Non credevo", "Non pensavo"
e "Mi dispiace" non ce ne facciamo niente.

Com'eri quando avevi l'età della protagonista?

Ero ribelle, e lo sono ancora. Avevo una bici da cross, mi piaceva leggere sugli alberi e il mio idolo era Pippi Calzelunghe. Sono stata la prima ragazza a diplomarsi in elettrotecnica nella mia città, non ho mai sopportato che ci fossero distinzioni tra cose da maschi e cose da femmine.

A cosa servono i libri?

Le storie ti fanno vivere più vite, ti fanno entrare in più mondi, ti aprono il cuore. Ci sono personaggi di libri che ho letto a cui penso a distanza di anni, come se fossero delle amiche lontane. Anche i personaggi dei miei libri alla fine esistono davvero, non ci lasciano più.

Qual è la tua parola preferita?

Amore. In tutte le sue forme. È amore anche l'amicizia tra Anita e Clara.

Grazie, Cristina, e buon lavoro!